RAYO GUZMÁN • ARTURO MORELL

SCREENSHOT

¿Y TÚ... ESTÁS A SALVO?

SÉLECTOR

ACTUALIDAD EDITORIAL

SCREENSHOT
© 2021, Rayo Guzmán y Arturo Morell

D.R. © Selector S.A. de C.V. 2021
Doctor Erazo 120, Col. Doctores,
C.P. 06720, Ciudad de México.

SÉLECTOR
ACTUALIDAD EDITORIAL

© Genoveva Saavedra / acidita, diseño de portada
Imágenes de portada: iStock, in-future (fondo abstracto)

ISBN: 978-607-453-745-1

Primera edición: agosto de 2021

Impreso en México
Printed in Mexico

Índice

Arturo Morell
en línea

Mi Arthur dónde andas? — 19:36

En tus pensamientos, mi querida Rayo!!!! — 19:37

Aunque, físicamente en Madrid! ¿y tú? — 19:38

En el aeropuerto de Cdmx, a punto de abordar mi vuelo a Paris 😃 — 19:39

Qué bien! A ver si coincidimos allá! — 19:39

Siii! Sería genial 😛 oyeeee qué crees? — 19:40

Qué? Cuéntamelo todo ! — 19:40

Ya me contestaron de Sélector!!! 😃 — 19:41

Súper! Y qué te dijeron? 🙈🙉🙊 — 19:41

Que les interesa nuestro libro! 🎉🎉 — 19:41

Genial !!, 👍 ¡Pues a escribir!!! ✍️ — 19:42

Mira, te mando Screenshot conversación… — 19:42

Jajaja 😆 ni ellos se van a salvar !!! 😎 — 19:42

Escribe un mensaje

A mis 2 amores
A mis padres
A todos los que me han enviado un screenshot
RAYO GUZMÁN

A mi madre, Leonor Beatriz Barragán Chávez,
por siempre y por todo.
A la memoria de mi padre, Alfonso Morell Casanova.
A quienes hoy luchan por mejorar el mundo
desde su entorno y nueva realidad.
ARTURO MORELL

Introducción

De pronto, todo se detuvo. No sólo para quienes escribimos estas líneas, también para ti que nos lees. Para miles, millones de personas alrededor del mundo.

Al iniciar la pandemia, ambos estábamos en Europa. Cumplíamos con diferentes compromisos literarios, aceleramos el regreso a México. Nos sumergimos en una tensa calma, en espera de un bombardeo.

No pudimos reunirnos para afinar en persona los últimos detalles de este libro. Lo trabajamos desde casa, cumplimos con el distanciamiento social para sumarnos a las acciones de prevención del inminente azote que implicaba la llegada de la pandemia.

Sin duda, se marcó un antes y un después en la historia de la humanidad. Comenzamos con nuevas rutinas, aprendimos a fluir con la situación. Nosotros, como escritores, estamos acostumbrados al trabajo solitario, en casa. Podemos decir que, incluso, al distanciamiento social. En busca de la inspiración, abrazamos la actividad que nos apasiona, que es celosa y requiere de soledad. La inspiración existe y, cuando llega, es mejor que te encuentre frente a la computadora.

Se dispararon los encuentros *online*, vía Zoom, no sólo para temas laborales, que eran los acostumbrados para esa plataforma; ahora también para reuniones de amigos y celebraciones familiares.

Comenzamos a aprender muchas cosas sobre nosotros mismos. A valorar lo que somos y lo que tenemos. A vivir con menos objetos y más sensaciones. Quienes decidimos hacer un viaje hacia nuestro interior, aprovechamos la pausa para reconocernos; nos reconfiguramos en relación con el mundo y las formas de comunicarnos.

Quienes esto escribimos, aprendimos y continuamos con el aprendizaje de la experiencia. Reflexionamos y profundizamos el tema que deseábamos compartir en estas páginas.

Las redes sociales se saturaron de información real y falsa. En medio de la saturación, de mensajes por WhatsApp y publicaciones incesantes en redes sociales nos cuestionamos: ¿hace cuánto tiempo dejamos de escribirnos cartas? Sí, de esas llamadas epístolas románticas, informativas, cordiales o nostálgicas. Líneas escritas expulsadas por nuestros lápices sobre el papel, que expresaban nuestras melancolías, deseos, amor, saludos cordiales. Sucedió hace tanto tiempo, que nos cuesta recordar cuál fue la última que escribimos o que recibimos.

El mundo antes de la pandemia había cambiado; ahora lo ha hecho diametralmente. Aquel ritual íntimo, cauteloso, que buscaba la frase perfecta, la ortografía adecuada, se había transformado en un ritual acelerado, impregnado de inmediatez y premura. En largas cadenas digitales sobre las pantallas de los celulares y de las computadoras se expresan ideas, se comparten sentimientos, se agendan compromisos personales, profesionales; charlas con desconocidos.

Adiós a la paciencia que requería la espera de la respuesta a un mensaje enviado por vía escrita. Ahora, la moda es lo instantáneo, la respuesta ágil. Un lenguaje distinto, nuevo, se escribe en las pantallas. Mensajes con reducciones de palabras, abreviaciones o emoticonos que nos ayudan a evadir dudas ortográficas, fallas gramaticales. La intimidad de un mensaje escrito quedó en el ayer, la cual ahora es frágil, más que el hielo bajo el sol. Está en el pasado el momento en que, si el mensaje no era de nuestro agrado o lastimaba nuestro corazón y ojos, lo rompíamos en pedazos o lo incinerábamos. Hoy, todo lo que expresamos por las vías de comunicación actuales, aunque lo hayamos expresado en una "intimidad" o "en confianza", puede quedar registrado para siempre. Queda guardado en lugares sin espacio real, en los carretes fotográficos de dispositivos en la famosa nube. Resguardado en una cápsula endeble que se fractura si se toma un *screenshot*.

Ha cambiado en su totalidad la concepción que se tiene de la vida privada, de la esfera pública. El resguardo de nuestros datos sensibles es cada vez más vulnerable. No se necesita ser un personaje célebre para que muchos se enteren de lo que hacemos, decimos o escribimos en lo privado. Basta un *screenshot* y todo es posible. Ese pantallazo se guarda como un "as bajo la manga". Se lanza directo al objetivo cuando se cree necesario.

Las redes sociales han transformado nuestra existencia. Las nuevas generaciones, conocidas como nativos digitales, socializan más de esta manera. Quienes nacimos en la época de la misiva intentamos "entrarle al toro". Nos hemos

13

adaptado. El rostro privado y el rostro público de nuestra sociedad se han matizado con nuevos tonos. Cada dispositivo móvil guarda información de nuestros comentarios en redes sociales, identifica nuestros contactos en Whats-App, registra nuestros movimientos a través del GPS. Alexa y Siri aprenden las diferencias de nuestros estados de ánimo. Cuando estamos solos, son las únicas que nos responden sin chistar. Lo público se hace privado, lo privado se hace público. Se almacena información nuestra por todas partes. Si buscas en Google una receta de cocina, no te asombre que comiencen a aparecer en tus dispositivos noticias sobre cursos de cocina. "Alguien" supo que te interesa cocinar y te va a proponer múltiples maneras de hacerte un experto chef. Así, de cualquier otro asunto. ¿Te ha pasado?

Si eres de los que tuvo vida sin internet, comprenderás mejor de lo que hablamos. Si naciste "conectado", tal vez esto te parezca una historia de ficción. Antes de internet, las comunicaciones privadas sucedían en reuniones, encuentros íntimos. El correo electrónico conserva algo de esto. Lo público era asunto de medios tradicionales, como radio, prensa o televisión. Ahora todos somos observadores, productores incansables de noticias públicas.

Para hacernos creer que todavía tenemos un mundo privado, existe el mensaje directo en diversas redes sociales, para que dos personas o un pequeño grupo interactúe o hable de lo que no quiere tratar en público, sin embargo, el *screenshot* fulmina esa privacidad; el pantallazo se convierte en un arma que muchos disparan sin dudar.

Este libro es un recorrido por las historias detrás del pantallazo. Siempre hay una historia más allá de lo que se ve. La evidencia no lo es todo. Sólo el asesino sabe con exactitud cómo sucedieron los hechos, aunque el detective haya interpretado a la perfección las pruebas del crimen.

Hay historias incómodas, reflexivas, cómicas, cotidianas, tristes, conmovedoras, extraordinarias. Porque, así como el pantallazo incomoda o agrede, también es una herramienta. Muchos ayudaron a compartir información valiosa durante desastres naturales, promovieron acciones solidarias durante contingencias o enfermedades, previnieron a mucha gente de catástrofes. Y así ha sucedido durante la pandemia de COVID-19.

El valor y fuerza del *screenshot* está en manos de quien lo usa. Como mucho, en la existencia humana, no es lo que haces, sino cómo y para qué lo haces.

RAYO GUZMÁN Y ARTURO MORELL

Siempre hay un *screenshot*

¡No, señores! No es "siempre hay un tuit", es "siempre hay un screenshot". Y eso es muy diferente. Por ejemplo, se ha popularizado en Twitter que cuando algún político dice algo que contradice a lo que antes afirmaba, sus oposito-res lanzan el hashtag **#siemprehayuntuit,** y muestran la foto del tuit. Pero, ¡están equivocados! Lo correcto es: "siempre hay un screenshot", el que alguien hizo de ese tuit. ¿Me siguen? ¿Se dan cuenta de la importancia de to-mar constancia y prueba a través de esta fascinante he-rramienta otorgada por la tecnología? ¿Ven lo avanzado de los smartphones?

Que si hice una transferencia, screenshot.

Que si quiero mi comprobante de pago, screenshot.

Que si me confesaron una infidelidad, screenshot.

El screenshot se ha convertido en un arma que puede salvarnos de un apuro o meternos en un gran problema. Hoy en día es el instrumento más fuerte de comprobación de algo sucedido en las redes.

Con esas aseveraciones, el licenciado Guadarrama cerraba su conferencia. Candidato a gobernador, con quien yo había trabajado desde que era alcalde. ¿Cuál era mi labor con él? Yo le escribía discursos y artículos que eran publicados cada semana. Confieso algo: esta chamba me empezaba a causar conflicto. Me incomodaba ver cómo lo felicitaban y le aplaudían por exponer ideas que no eran suyas, sino mías. Agrego lo siguiente: nunca me reconocía nada. Siempre me trataba con la punta del pie. Soberbio, petulante, engreído, así se comportaba conmigo y con muchas otras personas. Neta, olía a impostor, y ese olor me taladraba la nariz y las entrañas.

Aquella mañana, justo al final del discurso que comparto, me di cuenta de que hacía algo muy distinto a lo que soñé cuando estudiaba Ciencias de la Comunicación en la UNAM. Siempre anhelé ser escritor. Me provocó celos escuchar mis textos y frases adjudicados a otra persona. Y más cuando se trataba de una persona arrogante y fanfarrona. Se me retorcieron los intestinos.

El licenciado Guadarrama ha notado mi conducta. Cada vez estoy más ausente. Me envió un mensaje de WhatsApp preguntándome si todo estaba bien conmigo. Como no me atrevo a decírselo en persona, aproveché la ocasión —que, por cierto, anhelaba—. Le contesté que me sentía mal porque mis artículos eran publicados con su nombre y, por lo tanto, quería renunciar.

Me respondió muy amable —como no lo hace en persona—. Insistió en que valoraba mucho mi trabajo. Reconoció la calidad de lo que escribo en beneficio de su carrera; dijo que yo lo ayudaba mucho en su crecimiento político. Después rechazó mi renuncia. Prometió nombrarme Director de Comunicación Social o al menos darme el puesto de mi aspiración o preferencia cuando ganara la gubernatura.

Me sorprendió su respuesta. Con desconfianza, accedí a seguir trabajando para él. Antes de las elecciones, presentó un libro escrito por mí sobre la historia del estado y los retos para su desarrollo. El libro salió con su nombre, eliminó el mío de los créditos como asesor de contenido. El muy hijo de la maldad incluso eliminó una dedicatoria donde me agradecía el apoyo (dedicatoria que yo había escrito con la esperanza de verla publicada en el texto). ¡Yo no sólo asesoré el contenido, yo lo escribí! ¡Le valió madres! ¡Borró todo indicio de mi trabajo en la edición de la obra!

El libro fue bien recibido por todo mundo. Le abrió puertas para muchas entrevistas, y ganó el reconocimiento de sus adversarios. Favoreció su campaña, arrasó en las elecciones con un margen alto. Entonces, el muy hijo de la traición, don licenciado Guadarrama, ¡nombró a su gabinete y me excluyó! ¡No lo podía creer! Fue impresionante su descaro, su capacidad desorbitada para ser ingrato. Me ardieron los intestinos, la cabeza se me calentó. En ese momento decidí hacer *screenshot* de todas nuestras conversaciones de WhatsApp. Intensas conversaciones donde hablábamos de lo que llevaría el libro, y yo le describía las ideas centrales del escrito. Palabras en las que me prometía puestos y gloria. Diálogos completos de asuntos internos de la administración, que revelaban algunas de sus truculentas acciones durante la campaña. Donde hablaba mal de otros colaboradores suyos y me pedía omitir cierta información en sus discursos. Preparé un expediente con *screenshot*s de charlas y confesiones que comprometían sus alianzas. Solicité una cita con el director del periódico más importante del estado.

Por primera vez en la vida, yo, Julián Cervera, sentía necesidad imperiosa de sentirme valorado. Reclamar lo que me pertenecía. Redignificar mi talento que, por eventos circunstanciales, siempre beneficiaba a otros, pero no a mí. Me pasó en la escuela cuando era niño. El más aguerrido y fortachón del grupo me obligaba a hacerle los ensayos de la clase de redacción. Mi hermana mayor me obligaba a hacerle las tareas de literatura. ¡Mi papá me pedía que escribiera su memoranda del trabajo! Perdón por mi obsesión por el buen escribir. Todo ello y mi inseguridad estúpida contribuyeron para tejer mi destino, me empujaron a convertirme en un escritor fantasmagórico que escribía lo que otros firmaban con su nombre. A mis treinta y seis años continuaba soltero porque ninguna mujer aceptaba convivir con un individuo que se la pasaba metido en la computadora. Escribía durante horas, incluso los fines de semana, para que otro se parara el culo con mis letras. Sí, sé que recuerdan que dije que tenía una obsesión por el buen escribir, pero soy humano y a veces me permito ciertas licencias de escritura.

Siempre quise ser escritor. Ese día, al entrar al diario, sentí que estaba por escribir una gran historia. Lo que no sabía era si sería una historia de triunfo y gloria o una novela dramática, de horror.

Envalentonado por la frustración y el rencor hacia el licenciado Guadarrama, llegué a mi cita. Ahí estábamos mis *screenshots* y yo en la sala de espera. Juntos aguardábamos a ser recibidos por el señor Octavio Urbiola, director de *Magazine Hoy*, el periódico de mayor circulación.

—Así que tiene información que puede interesarnos —me dijo. Encendió un apestoso puro cubano.

—Sí, señor. Es información privada, confidencial, de primera mano. De mi mano. Proviene directo de mi persona —dije titubeante. Atontado, intentaba hilar ideas, nervioso desde la cabeza hasta las uñas de los pies. Como era de esperarse, el señor Urbiola, se rio de mis vacilaciones, sin embargo siguió interesado.

—¿Cuál es esa información que proviene de usted, que puede ser noticia? ¿Por qué piensa que puede interesarle a nuestro periódico? —preguntó, exhaló el humo de su puro con mirada inquisitiva.

—Información sobre abusos de confianza cometidos por el licenciado Guadarrama, futuro gobernador del estado. Abusos de poder en el ejercicio de sus funciones —respondí tembloroso, pero decidido. No había marcha atrás.

Mi propuesta era una bomba —y aún no le quitaba la mecha a la granada—. Se recargó de brazos cruzados en su escritorio, e inclinándose hacia mí, con la ceja levantada, me dijo:

—Soy todo oídos. Cuéntemelo todo.

Abrí mi computadora. La encendí y puse frente a su mirada el expediente con todos los *screenshots* que había preparado. Con calma y cautela, Urbiola revisó con detalle mi material. A veces fruncía el ceño, otras, una sonrisa torcida se pintaba en sus labios. Abría y cerraba los ojos con rapidez. Como si intentara encontrar las diferencias entre dos dibujos semejantes. Estaba concentradísimo en la revisión mientras yo, con la pierna izquierda temblorosa, permanecía sentado frente a él, en espera de sus comentarios. Tuve pensamientos de arrepentimiento, pero volví a sentir arder mi estómago del coraje al recordar las humillaciones de Guadarrama. Y no eché reversa.

—Esto es muy interesante, señor Cervera. ¿Hasta dónde quiere llegar? —me preguntó Urbiola, después de apagar su puro en el cenicero.

—Quiero ser valorado por mi trabajo. Que Guadarrama aprenda una lección de humildad. Aportar algo útil a la ciudadanía. Considero que los ciudadanos deben estar alerta durante su mandato. Vigilar las trampas de este señor.

—Guadarrama tendrá derecho de réplica —aseveró Urbiola—. Puede llevar esto al terreno legal. ¿Está dispuesto a recorrer ese camino, señor Cervera? Se enfrenta a alguien con poder político y económico. ¿Lo tiene claro, señor Cervera?

No me tembló sólo el pie izquierdo, ¡me temblaron los dos! Inhalé y exhalé. Evité la mirada inquisitiva de Urbiola. Sentí deseos de correr, de salir rápido de su oficina; de desaparecer. "Julián, estás aquí justo para no desaparecer, para hacerte ver, que valoren lo que haces", medité. Respondí que sí a todas las preguntas de Urbiola. Sentí que me lanzaba al vacío.

El reportaje salió publicado un lunes. Ese mismo día me quedé sin empleo. Recibí por la mañana un mensaje en WhatsApp de Guadarrama: "Estás despedido".

Le tomé *screenshot* y lo dejé en visto. No confiaba en ese tipo de comunicaciones, sobre todo después de lo que yo mismo había hecho. Urbiola me sugirió evitar comunicarme en privado con Guadarrama. Cualquier contacto con él debería ser en persona. De ser posible, en presencia de mi abogado. No sabíamos cómo iba a proceder el político. Durante esos días, analicé todo lo que me sucedía. Nadie sabía de mí hasta un día antes de la publicación del artículo en el diario. Llegué a la conclusión de que había dejado de ser un don nadie, ahora existía. Para mí, todo era ganancia, mucha gente se iba a enterar de quién era Julián Cervera. Mi familia se dividió en dos bandos. Mi padre me aplaudió porque él había votado por el candidato de la oposición. Mi madre y mis hermanos se escandalizaron con mi hazaña. Las cartas estaban echadas. No sabía si la tirada me llevaría a una victoria, pero era un hecho que había comenzado el juego. Había sacado mis ases. Era tarde para dar marcha atrás.

Después de ese mensaje de Guadarrama, comenzaron a entrar múltiples llamadas a mi celular. Pasé de 40 a 1915 seguidores en Instagram. En Twitter, de 23 a 2600. Al Facebook me llegaron 730 solicitudes de amistad. Nada mal para alguien que quiere darse a conocer. Ojalá continuaran siguiéndome cuando sea un escritor famoso, de esos que firman libros en presentaciones. Tuve que tomar Tafil para relajarme; estaba hecho una bola de nervios.

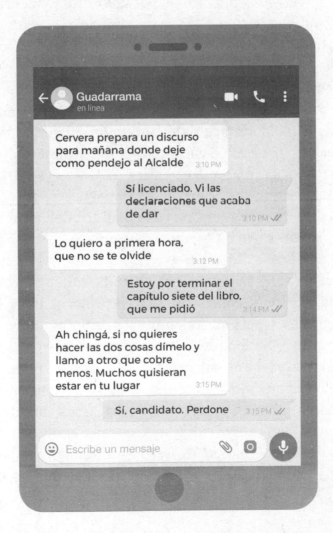

El encabezado de *Magazine Hoy* fue contundente: "Guadarrama, ¿líder visionario o manipulador corrupto?"

El reportaje comenzaba con reproducciones de declaraciones hechas por el gobernador durante su campaña. Con revelaciones mostradas por mis capturas de pantalla, hacían comparativos de sus contradictorias posturas en lo público y en lo privado. Mencionaron el éxito de "su" más reciente libro publicado. Me presentaban como el verdadero autor de la obra. ¡Sí! ¡Mi nombre por fin estaba escrito en un texto! Por todas las redes sociales circularon *screenshots* de mis *screenshots* publicados por el diario. Evidencias de la personalidad deshonesta y arrogante del político.

En todas las redes me etiquetaban, me arrobaban, me citaban. Periodistas de otros medios me acosaban pidiéndome entrevistas. Los abogados de Guadarrama se pusieron en contacto con el periódico. Urbiola me había ofrecido respaldo legal al momento de entregar el material para su publicación. "De eso se encargará el departamento jurídico", me dijo. La oposición política hizo lo suyo. Irónicamente, el discurso que le escribí a Guadarrama para aquella conferencia de prensa era ahora la realidad del licenciado:

No, señores. No es "siempre hay un tuit". Es "siempre hay un screenshot". Y eso es muy diferente.

¡Claro que le sacaron a relucir tuits antiguos! *Screenshots* de esos tuits, contrarrestaban los tuits actuales. Guadarrama y sus declaraciones de los últimos cinco años comenzaron a circular de nuevo por redes. Los partidarios de Guadarrama me atacaban. Para mí, sus insultos eran halagos. Se daban cuenta de mi existencia. Se enteraban de quién había escrito sus maravillosos discursos, que las palabras que habían convencido a miles de personas eran mías, no del ahora gobernador. Me quedé sin trabajo, estaba bajo procesos legales; ese fue el precio que tuve que pagar por salir del anonimato y buscar la justicia con mi ingenio. Mas dejé de ser una sombra.

Y no me arrepiento. Lo mejor de todo este asunto que les cuento es que la información contemporánea es perecedera en breve. Una noticia que estalla vive mientras sale otra de más impacto; es efímera. Se pierde poco a poco entre tanta información que se consume, sin embargo, la huella queda, el antecedente, la evidencia, la historia.

Días después, sin avisar, Guadarrama llegó a mi departamento. Cuando abrí la puerta, lo vi ahí, sin rasurar, acongojado. Por su aliento, me percaté de que se había tomado un par de tragos. Sus guaruras lo escoltaban. Se quedaron en espera, a un lado de la Suburban en que lo llevaron hasta mi domicilio. Me pidió unos minutos para hablar. Me dijo que iba con bandera blanca, que no quería más problemas.

—Julián, sólo vengo a decirte que te menosprecié —dijo sereno. Se sentó en uno de los sillones de mi sala.

—No sé si deba hablar con usted sin que nuestros abogados estén presentes —dije cauteloso.

—¡Déjate de pendejadas! Los abogados harán lo que tengan que hacer. Lo que te voy a decir va más allá de lo que se maneja en medios, Julián. Te menosprecié. No me di cuenta de lo que eras capaz. Pero lo hiciste y debo admitir que me sorprendiste. Me apantallaste. No pensé que tuvieras tantos huevos. Debí valorar más tu inteligencia, no subestimarte. Vine para decirte que el daño está hecho, pero esto no es algo que no se solucione con influencias o con dinero. Dejémoslo pasar. Sigamos el curso que compete, pero si más adelante necesitas chamba, búscame. ¡Con esa mente puedes llegar a ser un buen político!

Guardé silencio, intenté que mi rostro no revelara mi estupefacción. Guadarrama se puso de pie y se fue. Me ofreció la mano al despedirse. Le acepté el gesto, como si en ese apretón de manos quedara sellado un pacto silencioso entre nosotros. Un equivalente a *aquí le paramos.*

Eso hice. Abandoné el asunto. Se había concretado la idea central de mis intenciones. Lo había desenmascarado. Se dio a conocer mi habilidad con las letras, mi autoría sobre "su" obra. Dejé de dar entrevistas, le di las gracias a Urbiola. No quise profundizar en el tema; me desenganché. De aquella charla con Guadarrama no hubo *screenshot.* Pero hubo palabra. Sus abogados llegaron a un acuerdo con los míos, sopesaron los daños de difamación contra los de plagio y abuso de poder. Negociamos; se dieron buenos convenios, entre ellos una nueva edición del libro que escribí, con un nuevo título, reestructurado, firmado con mi nombre. Sin embargo, la noticia que originé se convirtió en historia.

En esta madeja de información instantánea e inmediata suceden miles de acontecimientos que hacen que todo sea efímero, que se difumine de modo veloz. Para algunos se convierte en recuerdo, para los políticos de este país, en hazañas.

Estamos tan acostumbrados a la impunidad y a la corrupción que, si un político no tiene antecedentes de este tipo, no es político. ¿Qué importancia tiene una raya más sobre el lomo del tigre? A Guadarrama le aplauden en sus actos públicos. El ahora "señor gobernador" gobierna. Y el mundo sigue girando. La diferencia es que, después de la publicación de mis *screenshots,* muchos se percataron de mi existencia y compraron mi libro. Conseguí trabajo como columnista en un periódico nacional, tengo miles de seguidores en redes, escribo mi primera novela y tengo una novia, a quien, por cierto, conocí en Twitter.

Likemanía

 "¡No mames, Fer! ¡Te vi dar likes a las publicaciones de esa pendeja!", me escribió Vanessa una noche, justo tres segundos después de que le di like a unas fotos de Érika.

"¡Ay, amor! ¡Le di *like* a dos fotos de sus perros! O sea... son fotos inofensivas. ¡Ni al caso tu drama!", respondí haciéndome el inocente.

"¡Con sus perritos y ella en bikini, cabrón!", me escribió en el *chat*.

Vanessa y yo llevamos tres años de novios. Ha sido una relación tensa pero cachonda, como ella. En el lado intenso habitan sus celos, su tendencia a controlarlo todo. En el lado cachondo, su apasionado temperamento, su actitud sensual. Sin embargo, en los últimos meses, sus maneras celosas y controladoras hacia mí se han acrecentado. Neta, no tengo la menor idea de cómo tiene la astucia y el tiempo para checar a quién le doy *like,* a quién le escribo algún comentario en redes o con quién interactúo. ¡Ah, pero, los *likes* no me los perdona!

Yo, Fernando Gaxiola, tengo un lado transparente en el que soy buena onda, relajado. También tengo mi lado oscuro, *dark*, le dicen mis cuates. Lo único que ha provocado el comportamiento de Vanessa es que mi lado *dark* me aconseje. En ese lado mío me siento más cómodo, para no vivir taaan agobiado con los embrollos de mi vieja. Así me hice un perfil falso en Instagram, para transitar libre, a mis anchas, sin que mi novia se percatara de lo que veía o hacía. Me sentía supervisado, invadido, acosado. A pesar de sus celos y las múltiples discusiones sobre vigilarme, no quería perder a mi chica. Mis oscuros pensamientos aconsejaron a mis acciones y encontré en el anonimato de una cuenta falsa el confort para hacer lo que me daba la gana, lo que me gustaba. Por ejemplo, *stalkear* cuentas de chicas guapas. Me producía un placer indescriptible que esas mujeres hermosas respondieran con un *like* a mis publicaciones o comentarios. Esa cuenta ficticia me permitía hacerlo a mi antojo. Me excitaba cuando interactuaban conmigo chavas que no conocía. Me fascinaba lo desconocido, el tener acceso a mujeres lejanas para coquetear.

Se trata de un juego seductor que inicia con un simple *like* y la fantasía se desborda. Confieso que más de una vez me masturbé con fotos de alguna belleza de Instagram. Cada noche, después de despedirme de Vanessa por el WhatsApp, me dirigía de inmediato a Instagram con mi cuenta falsa, a ese mundo imaginario, hedonista. Con esa cuenta podía seguir a quien quisiera. Dar *like* a lo bruto, a cientos de fotografías, sin recato ni temor por la supervisión de mi novia. Seguí muchísimas cuentas de mujeres guapotas, sensuales, cachondas, de todo tipo. Algunas me regresaban el *follow*. ¡Uta, me fascinaba que me siguieran rubias y morenas exuberantes!

Envalentonado con el agasajo cibernético, me atrevía a enviar por mensaje directo algún piropo. Algunas me dejaban en visto. Más de una se prestó a la charla. Con varias, llegué a intercambiar *nudes* y tener conversaciones candentes. Me dormía y, al despertar, de inmediato le enviaba el acostumbrado mensaje de buenos días a Vanessa. Era mi manera de supervisarla, saber si ella había despertado y andaba en sus redes sociales. Después, me metía con mi perfil falso a echar la mirada obligada matutina, verificar si había algún mensaje directo por ahí. Algunas me dejaban mensajitos, me animaban la mañana. "Hola, *baby*, que tengas un lindo día." "Feliz lunes, chiquito... mi mexicanito guapo." "Anoche te soñé, bombón", me escribían. ¡Me hacían el día! ¿A quién no le gusta sentirse lisonjeado? Todo iba muy bien. Mi lado oscuro y libidinoso se la pasaba poca madre. Tenía todo bajo control.

Pero no. A pesar de mis precauciones, Vanessa me torció. Sí, mi novia me cachó en la movida. Sin decir agua va, una mañana me dejó caer un *screenshot* a mi WhatsApp. Así, de bulto, sin aviso. Le apareció una foto mía en sugerencias de a quién seguir en Instagram. ¡Malditos algoritmos, o como se llamen, de las *méndigas* redes sociales! Si metes tu número de celular o sigues a alguien en común con otra persona, de inmediato te "sugieren" seguirlo. Mi vieja le tomó un *screenshot*, me lo mandó y, obvio, me reclamó encabronadísima.

"¡Es un perfil falso, mi amor! ¡Están usando mis fotos! ¡Voy a pedir a Instagram que lo bloqueen de inmediato!", argumenté. Fingí demencia haciéndome la víctima. Azuzado por mi lado *dark*, pensaba: *Para cabrona, cabrón y medio. Síguele por ahí. Niégalo todo*. Mi lado *dark* no tenía muy claro aún que en esta relación, ¡la cabrona y media es mi vieja!

"¡Hay fotos tuyas en esa cuenta que no has compartido ni en tu Instagram ni en Facebook, tampoco en Twitter! Además, ¡hay una que yo te tomé! ¿Cómo las obtuvieron?", me reviró con astucia. ¡Valiendo madre!

"¡No tengo ni puta idea!", dije con mi lado *dark* paralizado y el hámster de mi cabeza dormido. ¿Cómo iba a salir de esa?

"Tengo que bañarme para irme al trabajo, pero tú y yo tenemos que hablar en un par de horas. Te busco", me dijo encabronada. Bendito trabajo, pensé, cuando me escribió eso.

Su tono solemne inyectado de sospecha absoluta me paralizó unos minutos. Después, entré a revisar mi perfil falso. Y sí, estúpidamente subí fotografías que sólo Vanessa conocía. Como mi cuenta falsa era pública (si no, ¿cómo iba a darme a conocer con desconocidas?), pudo entrar y ver tooodo. ¡Iba taaan bien! ¿Cómo fui a regar el tepache? ¡Maldita sea!

Había posteado fotografías de comidas deliciosas y de paisajes. Una que otra, de un perrito adorable, mascota de uno de mis amigos. En la confianza está el peligro, eso me pasó. Encarrerado, comencé a subir fotografías mías, para que vieran el galanazo que soy. ¿Cómo pude ser tan idiota? Explíqueme alguien, ¿cómo se me ocurrió subir la fotografía que Vanessa me tomó en Pátzcuaro cuando fuimos a festejar nuestros cuatro años de noviazgo?

En mi cabeza masculina, con memoria de corto plazo, no habitó el suficiente tiempo ese recuerdo. Se me olvidó que Vanessa me la tomó con su celular y me la envió por WhatsApp. ¡Así de imbécil! ¡Así de apagado mi radar ante el riesgo! ¡Y, según yo, lo tenía encendido! Me metí a bañar con agua helada, con la esperanza de que se me enfriara el cerebro y circulara mejor la sangre por mis neuronas.

En dos horas, Vanessa se comunicaría conmigo. Tenía que pensar muy bien lo que le iba a decir. ¿Eliminar la cuenta falsa serviría de algo? No. Seguro sería peor. Si hacía tal cosa, Vanessa terminaría por corroborar mi culpabilidad. Lo único medianamente astuto que se me ocurrió fue eliminar la cuenta de mi teléfono celular y de mi computadora, así, si ella pedía revisar mis dispositivos, encontraría abiertas mis cuentas personales reales sin ningún indicio de la ficticia. Como león enjaulado, me puse a dar vueltas por mis aposentos.

Como soy *free lance,* trabajo desde mi casa. Ese día tenía que entregar varios proyectos de arquitectura a una agencia, pero no tenía cabeza para eso. Encendí un cigarro y, sin desayunar, me lo fumé. Encendí el segundo, me sentí mareado. Hora y media después, comenzó a escucharse el sonido de mis notificaciones de WhatsApp. Era Vanessa. Enviaba *screenshots*. Uno tras otro. ¡Había hecho cientos de capturas de pantalla de Instagram! Lo que comenzó a aparecer ante mis ojos, me dejó atónito.

Screenshot de mi lista de seguidores (seguidoras, en su mayoría, 716 viejas y 35 vatos).

Screenshot de la lista de quienes yo seguía (bueno, mi cuenta "falsa"). Seguía a 1412 mujeres y a 72 hombres. La mayoría de estos últimos, rockeros, arquitectos y futbolistas.

Screenshots de los *likes* que había dado en muchas fotos de viejas en bikini o con selfie cara de pato, todas sensualonas.

Screenshots de 14 fotografías que jamás subí a otras redes. ¡Sí! ¡Qué pinche memoria la de mi vieja!

Screenshots de fotografías de viejas chulas, que yo había comentado. ¿A qué hora hizo todo eso? ¿En dos horas? ¿Desde cuándo sospechaba de ese perfil?

A medida que veía cada captura de pantalla, quedaba más pasmado, turulato, estupefacto; aquello era increíble. Me acababa de bañar y estaba ensopado en sudor. Sudé helado cuando llegaron los últimos *screenshots*: ¡Mis conversaciones en mensaje directo! ¿Cómo carajos hizo eso? ¿Acaso Vanessa era *hacker* y fingía ser contadora en una oficina de abogados? ¡Puta madre! Por último, escribió:

Voy para tu casa, pedí permiso de salir un par de horas de aquí.

Yo, sentado como estúpido, con la mirada encajada en todos esos *screenshots,* en espera de la hecatomobe. En algunas de las capturas de mensajes directos, ¡aparecía mi

nombre! Mi lado egocéntrico me hizo salir del anonimato con más de tres, porque las conversaciones se hicieron más intensas o de más confianza. ¡Me atreví a decir mi verdadero nombre! ¡Así de tarado!

Cuando vi el *screenshot* de esa conversación que tuve con la que resultó ser una edecán brasileña que trabaja en un bar de la Condesa, supe que Vanessa me mandaría derechito a la chingada. Muy pocas personas saben que tengo una cicatriz en esa parte de mi cuerpo. ¡Y ahí voy yo, de cachondo, a enviarle fotografía a la tipa esa! ¡Pero qué bruto! Mi lado oscuro me decía: hazte el indignado, no tiene por qué meterse en la privacidad de tus asuntos, lo que hizo es ilegal. Pero mi lado transparente, más cuerdo, me decía que doblara las manitas. Que fuera honesto con ella, que aguantara las consecuencias de mis actos.

Vanessa llegó, se sentó en la sala, justo en el sillón frente al mío. Mirándome a los ojos, comenzó a relatarme toda la historia detrás de esos *screenshots*. Terminó con mi angustiosa curiosidad.

—Sospechaba que eras un adicto a hacer esas cosas pero, ¡esto es el colmo, Fernando! Esa "sugerencia" de *follow* que me apareció en Instagram encendió mi radar. Mi intuición me empujó hacia esa cuenta. Cuando entré a ver todo el contenido, supe de inmediato que eras tú. ¡Eres tan obvio! Tu manera de escribir comentarios, el tipo de *likes* que das. Todo eras tú. Y cuando vi esa fotografía tuya, que te tomé en Pátzcuaro, todo quedó al descubierto para mí. Esto sucedió hace tres semanas. No te dije nada hasta no tener evidencias contundentes de tus pendejadas. *Likes* y más *likes* por todos lados. Bastaba con entrar a revisar el contenido de algunas de las cuentas que sigues en ese perfil falso y ponerme a revisar las fotografías. Ahí estaba el *like*. ¡No sé cómo no te duele el pinche dedo de dar tantos putos *likes* a viejas! —dijo enfurecida. Yo permanecí en silencio, con la barbilla sobre mi pecho, abrazaba un cojín de la sala—. Me aguantaba el coraje. Cuando te veía, trataba de fingir que no estaba enterada de nada. Como te lo acabo de decir, quería tener pruebas de que eras tú. ¿Y sabes por qué me apareció esa "sugerencia" de *follow*? ¡Porque te crees listo y eres estúpido! ¡Te pusiste a seguir a veintiséis de mis contactos! Obvio, todas mujeres guapas. Eso hizo que, en automático, la aplicación te relacionara con mi cuenta. ¡Baboso!

—Amor, me atrapaste. Todo esto que me dices es fácil de encontrar. Se necesita muuucho tiempo para revisar tanto *like* y seguidores —dije en tono sumiso—. Pero con lo que sí me tienes sorprendido es con los *screenshots* de los mensajes privados. ¿Cómo pudiste hacer eso? ¡Sólo es posible si entras a la cuenta!

—Muy fácil, tengo muy buena memoria.

¡A huevo!, pensé al esucharla decir eso.

—Recordé que hace un año me enviaste un *e-mail* con la información sobre unos vuelos baratos que buscábamos para viajar a Cancún. ¿Te acuerdas? —obviamente no me acordaba—. Te pregunté por qué me los enviaste de ese *e-mail* tan raro. No usaste el que acostumbras de Hotmail. Provenía de la dirección de correo electrónico exesheart@yahoo.com. ¡Tarado! ¡Usaste el mismo nombre de usuario para tu Instagram *fake*! Lo demás fue sencillo. Con el buscador de mi bandeja de entrada localicé ese correo. Deduje que con esa dirección de correo electrónico abriste la nueva cuenta. Comencé a probar con contraseñas. Por cierto, al segundo intento, le atiné. ¡Eres tan obvio! Sólo tuve que poner el nombre de tu equipo de futbol favorito y tu año de nacimiento: america1986. Entonces, tomé *screenshot* de todo lo que pude.

—Ha sido muy doloroso enterarme de esto Fernando. Sé que no fue el camino más correcto, pero estaba segura de que si te lo preguntaba, lo ibas a negar. Necesitaba evidencias, restregártelas en la cara. Sólo así admitirías lo que haces. ¡Eres un cabrón!

O Vanessa es muy inteligente, o yo soy muy pendejo. Sólo existen esas dos opciones. Jamás subestimen la astucia de una mujer que se siente traicionada. Se potencializa al máximo su talento detectivesco y vale uno madre; yo me quedé sin Vanessa y con cientos de *screenshot*s de mis parrandas cibernéticas. Uno piensa que lo que sucede en sus redes se queda en sus redes, pero no. Hay consecuencias que emergen de la cibervida, se trasladan a la vida real, donde no hay filtros para disfrazar los trancazos en el cuerpo, ni en el corazón.

Guardo este *screenshot* en el carrete de imágenes de mi celular. Lo veo a menudo. Lo guardé en un archivo de mi disco duro. Es lo que me quedó de Vanessa. La evidencia de que sentimos algo profundo el uno por el otro. Es un ridículo consuelo. Muchos valoramos a las personas cuando se van. Las perdemos para extrañarlas, en lugar de cuidarlas. Es la lección que aprendemos para valorar a las personas que llegarán después a nuestras vidas. Y a nuestras redes sociales.

Sexting

 Mi hija Paula se quejó por tercera vez de que no la escuchaba con atención por estar metido en mi celular. Julia, mi mujer, me aventó una almohada en la cabeza, harta de mi presencia ausente. Estaba con ellos, vivía con ellos, pero mi mente habitaba dentro de mi dispositivo móvil. No tengo la menor idea de en qué estúpido momento perdí el control en el uso de mi inteligente artefacto. Inmadurez tardía a mis cuarenta y cuatro años. Casado desde hace dieciocho, y con dos hijos: Paula, de trece; Miguel, de quince.

No nací como ellos, con el chip digital en el ADN. A mí me cayó el cibermundo ya mayorcito. Poco a poco, piqué aquí y allá, asombrándome con toda esa nueva maraña de posibilidades que ofrece dicho universo. Se me hizo una adicción navegar en ese mar.

Soy notario, tengo diez personas a mi cargo en mi despacho, mi trabajo consiste en firmar documentos. El prestigio llegó y, con ello, el confort de quien tiene un negocio propio, cuyo funcionamiento fluye con o sin su presencia. Así es mi trabajo, cuento con un buen equipo que me apoya. El interés de mis clientes se centra tan sólo en mi firma, no en mi persona. Mis asistentes hacen el trabajo pesado. Yo dispongo de mucho tiempo libre. En lugar de dedicarlo a mi esposa o a mis hijos, o generar un *hobby* decente, como la jardinería o jugar golf, me hice adicto a las redes sociales, al mundo virtual. Al principio veía de todo, información profesional, deportiva, política. A medida que esto se puso más sabroso con el surgimiento de Facebook, las redes sociales se apoderaron de mi tiempo y de mis pensamientos. En un inicio, sólo me dedicaba a coleccionar contactos. Alimentaba mi ego cuando mis colegas o amigos se percataban de mi popularidad, de mis cientos de amigos en Facebook. Sí, así de estúpidos eran mis parámetros egocéntricos. Acumulé 125 contactos "reales" de gente que conocía, y 3316 de personas desconocidas con "amigos en común", de los que no tenía idea de quiénes eran. Aceptaba todas las solicitudes de amistad, enviaba solicitudes a granel, sobre todo a mujeres atractivas. Muchas me aceptaron. Me dedicaba a *stalkear* sus perfiles. Perdí la timidez que caracteriza al mirón y comencé a dar *likes*.

Emergieron los trucos hacedores de la magia de la socialización virtual y de los *likes* pasé a los comentarios. Comentaba todo tipo de fotografías. Primero, de mascotas o paisajes: "Qué bello lugar. Yo estuve ahí. Te recomiendo un restaurante a poca distancia de donde te encuentras. Hermoso cachorro, yo tuve uno igual cuando era niño. Los caballos me fascinan". Cuando esas mujeres hermosas y lejanas respondían con un *like* a mis frases, me sentía halagado, más confiado. De pronto, no sé cómo, me atreví a escribirles por el Messenger, en privado. En ese momento descendí a un abismo del que casi me iba a costar la vida salir. No exagero.

A mi alrededor, mi mujer tomaba clases de cocina japonesa, mi hija aprendía a jugar futbol *soccer,* y mi hijo tenía clases de piano. Adquirían habilidades interesantes para su vida mientras yo consumía mi tiempo en desarrollar una habilidad que no tenía la más remota idea que poseía: la de seducir mujeres por *inbox.* Como poeta clandestino.

Caían de todo tipo, desde dentistas hasta instructoras de gimnasio. El *inbox* se convirtió en un parque de diversiones. Me desconectaba por completo de la realidad. Prefería tener una sesión de *sexting* con una desconocida —acompañada de la masturbación correspondiente—, que sexo real con mi esposa.

Durante las juntas de trabajo, el pedazo de cordura conservado dentro de mi cabeza, me permitía estar atento, sacar adelante la chamba. La mayor parte de mi tiempo estaba pendiente de mi celular, vigilante de mis redes, sobre todo de Facebook. Ahí me sentía más experto, donde se ofrecieron las mejores oportunidades de cachondeo. Mi interés en esa red social ya no era el acumular contactos para presumir mi popularidad. Ahora era mi espacio de agasajo sensual, sexual, de libido desenfrenada. Y no podía evitarlo. Cuando me ponía *horny,* un deseo incontrolable de cachondear en el Messenger de Facebook se apoderaba de mí. Demasiado atrevido se ponía el asunto. A pesar de pensar con frecuencia en lo peligroso del asunto y de poder ser descubierto por algún familiar o conocido, no me importaba. Era como si mi personalidad se desdoblara. Me convertía en otro. Todo me valía madre. Yo, el honorable notario Mauricio García, padre ejemplar, esposo fiel e hijo predilecto de sus padres, se transformaba en una ridícula versión de Mauricio Garcés cibernético.

En ocasiones, al escribir ese tipo de mensajes, sentía angustia al pensar en lo que pasaría si alguien le hiciera un *screenshot* a mis conversaciones, pero no podía detenerme. Esa práctica me estimulaba, me excitaba, acrecentaba mi cachondez. Con el orgasmo llegaba la inmediata sensación de culpa, mi temor a ser descubierto. Aunque siempre tuve la precaución de borrar las conversaciones y pedir a la otra parte hacer lo mismo, nunca tuve la certeza de que lo hicieran, aunque me lo juraran. A final de cuentas, éramos desconocidos. Prefería hacer *sexting* con mujeres remotas. Lo más alejadas posibles de Guadalajara. Si eran extranjeras, mejor. Mi inglés fluido me permitía cachondear sabroso con estadounidenses, australianas y una que otra europea.

Cualquier mujer que me gustaba en fotos podía ser "mía" si la "trabajaba" con destreza. Lo más fascinante del asunto era que, según yo, "todos lo hacían" y "no pasaba nada". Además, en mi vida real, yo era buen esposo y padre; un buen hijo y un profesional en mi trabajo. Mi vida secreta de Facebook se convirtió en una especie de tesoro que desenterraba para que mi avaricia tuviera sosiego. Después lo volvía a enterrar para que nadie me lo robara.

Una noche, no sé por qué, terminé metido en un página en donde se hablaba de casos como el mío. De gente adicta a las redes sociales, y sobre todo al *sexting*. Había un número telefónico de apoyo al que se podía llamar en caso de necesitar ayuda para salir de esa adicción. ¿Adicto yo? Me sentí identificado, durante esos días traía una resaca emocional provocada por una fuerte discusión con mi esposa. Unas noches antes, ella había montado un drama porque sospechaba que yo tenía otra mujer. Creía que por eso pasaba muchas horas en mi celular. En medio de la discusión, fingí tener deseos de orinar. Me metí al baño, borré todos los *inbox* de mi Facebook. Intuí que la única manera de que

Julia se quedara tranquila era mostrándole mi red social, y no me equivoqué. Momentos después me pidió entrar a mi Facebook para mostrarle todo. Lo único que pudo ver fueron mis 2650 contactos y mis publicaciones sobre el último juego de Las Chivas, mi equipo favorito de futbol. También había alguna que otra foto de ella conmigo, otras de la familia completa, fotografías de automóviles deportivos, que me encantan.

Checó el Messenger, y cero. "Esa madre ni la uso, Julia", le dije. "Yo soy más de WhatsApp, y lo sabes, por los asuntos del trabajo". Con eso quedó conforme. ¡Qué bueno que no me pidió revisar mi WhatsApp! Se hubiera percatado de que mis contactos pasaron de 65 a 318 porque, muchas veces, del Messenger me llevaba a más de una hacia allá. Sobre todo a aquellas "amigas" con las que tenía más confianza, o una relación más "íntima y cariñosa". Así era de atrevido y loco.

Por ese malestar emocional que me dejó la discusión con mi mujer, empecé a considerar problemática mi conducta en redes. Tal vez estaba enfermándome de eso de lo que hablaban en la página de adicciones. Llamé, pedí información y asistí a una de sus reuniones terapéuticas para ciberadictos. Confieso que me atreví a acudir a ese lugar por dos razones: la primera, que estaba del otro lado de la ciudad y eso me proporcionó cierta tranquilidad. Existía nula posibilidad de que me topara con algún conocido por aquellos rumbos. La segunda, porque mi lado enfermo me dijo: *conocerás chicas a las que le gusta lo mismo que a ti*. Así de pervertido estaba. No encuentro mejor palabra para describirme: pervertido.

El grupo de autoayuda no funcionó porque, como su nombre lo indica, empieza por el deseo de ayudarse uno mismo. Yo no había tocado fondo, como le llaman. Un par de meses después, decidí mejor ir a terapia individual con un especialista. Eso era más seguro. En ese contexto, existía el secreto profesional; todo quedaba entre el terapeuta y yo. Tampoco sirvió. Solía salir de la sesiones de terapia y, al llegar a casa, a los pocos minutos estaba en pleno cachondeo por Messenger. Otra vez.

Hubo ocasiones en que un mensaje de texto me salía tan efectivo con alguien, que lo copiaba y lo enviaba a otras chicas para ver si tenía el mismo efecto. Y cabe decir que así fue. Me hice un experto en el tema del seducir y agasajar. Usaba un lenguaje a veces tan burdo y vulgar que no sé dónde lo aprendí. Lo ejercía con destreza. "Te voy a chupar los pezones. Te pasaré la lengua por todos lados. Imagínate que me la chupas, mamacita", de ese estilo. Podía haber llenado hojas completas con frases similares. Mi lado animal estaba embravecido, lujurioso, desinhibido al tope. Me llegaban crisis de angustia. ¿Qué pasaría si me descubrieran?, me cuestionaba mordiéndome las uñas. No resistiría la burla y la vergüenza, si eso llegara a pasar, me repetía. Podría negarlo. Alegar que no era yo, que me *hackearon*, que manipularon la información, reflexionaba. Se instalaba un pánico espantoso en todo mi cuerpo, me hacía sudar. El hecho de pensarme descubierto me provocaba temblores y fiebre. Ese día llegó, como meteorito que por fin toca el suelo, como témpano que se parte en dos.

Al igual que yo *stalkeaba* a fulanas, hubo una que se puso a *stalkearme* a mí. Jamás pensé que el camino que transitaba era de ida y vuelta. Que lo que yo hacía me lo podían hacer a mí. La tipa identificó quién era mi esposa, ubicó a mis hijos, a mis padres y algunos compañeros de trabajo. Revisó la página de mi despacho. Se percató de que yo era un hombre exitoso, con una reputación en mi profesión. Vio que vivía con ciertos lujos. Observó fotografías de mis dos autos deportivos, de la camioneta de mi mujer. Auscultó la página de la escuela donde estudiaban mis hijos, ellos me habían etiquetado en una fotografía que contenía la ubicación. La tomaron durante una kermés de su colegio, a la que asistí con mi mujer. Se dio cuenta de que era una institución cara, de instrucción bilingüe, privada. Se percató de los frecuentes viajes que realizaba con Julia a Estados Unidos, a Europa, a playas mexicanas, que frecuentábamos hoteles de lujo. Se dio cuenta de que el galán cachondo de su *chat* podía ser más interesante como blanco de extorsión que para tener cibersexo. Mientras tanto yo, desde mi pedestal egocéntrico, creí a mi conquista cibernética derretida por mí, excitada con mis atributos.

Los *chats* entre nosotros se hacían cada vez más candentes, atrevidos, con fotografías explícitas. Con pelos, erecciones y desnudos completos. Videos de mis masturbaciones, con frases tan vulgares, ordinarias y rústicas que no sé qué demonios pensaba cuando se las escribí. Con esa ingenuidad estúpida que da el pensar que "los dos nos arriesgábamos", nunca me detuve a analizar qué era lo que teníamos que perder cada uno si éramos descubiertos. Ariana era soltera; yo, casado. Ella, *hostess* en un restaurante; yo, un reconocido notario. Ella no tenía hijos; yo sí. Ella no tenía dinero; yo sí. A mí me importaba mucho lo que los demás llegaran a pensar de mí; a ella, literal, le valía madres.

En ese día negro, que jamás olvidaré, recibí una solicitud de amistad de una tal Priscila Barrientos. Foto de súper guapa. Boca carnosa, ojos de gato. Y ahí voy yo, como gato, a que la pinche curiosidad me fulminara. Una vez que la agregué, a las dos horas, comenzaron a llegar mensajes a mi *inbox*:

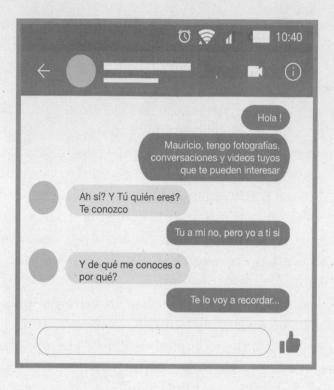

Ese día tan temido llegaba. Comencé a sudar, me salí de la junta en la que estaba para responder a ese mensaje.

¡Y que me manda tres *screenshots* de mis conversaciones con Ariana! En el primero, intercambiábamos frases demasiado cachondas, vulgares, atrevidas. En el segundo, fotografías de nuestras partes íntimas y en el tercero, ¡una foto mía, masturbándome, en la que salía mi rostro!

Como si con llorar me librara de ese problema. ¿Quién demonios era esa tipa? ¿Por qué tenía todos esos screenshots de mis conversaciones con Ariana? Y aún no sucedía lo peor. Con el mensaje que me llegó a continuación, mi vida terminó por teñirse de negro:

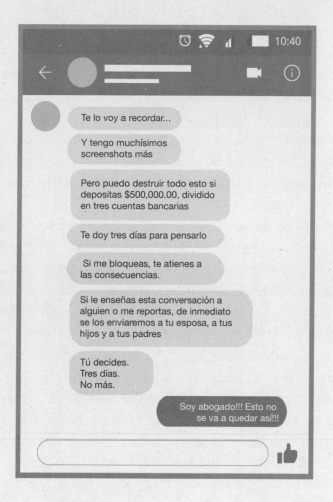

Te lo voy a recordar...

Y tengo muchísimos screenshots más

Pero puedo destruir todo esto si depositas $500,000.00, dividido en tres cuentas bancarias

Te doy tres días para pensarlo

Si me bloqueas, te atienes a las consecuencias.

Si le enseñas esta conversación a alguien o me reportas, de inmediato se los enviaremos a tu esposa, a tus hijos y a tus padres

Tú decides.
Tres días.
No más.

Soy abogado!!! Esto no se va a quedar así!!!

Eso último que le escribí lo dejó en visto. No respondió nada.

Comenzó el calvario. De inmediato, le mandé un mensaje a Ariana. Y, ¿qué creen? ¡Me había eliminado y bloqueado de Facebook! Ya no aparecía en mis contactos, por ningún lado. Desactivó su cuenta o simplemente me bloqueó. No pude enviarle mensaje ni encontrar su perfil en ninguna parte. Ni en otras redes, ni en Google. ¡Nada! ¡Se había esfumado! Nunca le solicité su WhatsApp. Esa noche fui a buscarla al restaurante en donde me dijo que trabajaba. Sorpresa que me llevé cuando me dijeron ¡que ahí no trabajaba ni había trabajado nunca ninguna Ariana! Iba rumbo a la salida y de súbito me regresé a preguntar si tampoco conocían a una Priscila.

—¿Será Priscila Núñez? —me preguntó el gerente del lugar—. Ella trabajó aquí hace como un año. Pero no duró mucho, sólo un par de meses. Era muy conflictiva. De hecho, la corrimos.

—¿Conserva alguno de sus datos? —dije angustiado. Sentí un rayo de esperanza.

—No. Cambiamos sistema hace seis meses, todo lo anterior se perdió. No tenemos datos de ese tiempo. Lo único que recuerdo es que vivía por la salida a Puerto Vallarta.

¡Valí madres! En ese momento supe que estaba en manos de alguien que ni siquiera tenía identidad. Podía ser Ariana, Priscila o llamarse Juana. Daba igual. ¡Me habían torcido en mis marranadas! Todas las dudas y miedos posibles se apoderaron de mí. ¿Si pagaba y de todos modos continuaban extorsionándome? ¿Y si iba a buscar a la policía cibernética para denunciar? ¡No! ¡Si hacía eso se iban a enterar! Muchos me conocían en el ámbito judicial de la ciudad, incluso del país. ¿Y si les pagaba lo que pedían para que me dejaran en paz? ¿Y si cerraba todas mis redes sociales? Así desaparecería como Ariana. ¡No! ¡Sabían muchas cosas de mí! ¡La dirección de mi notaría, mi domicilio, quiénes eran mis familiares y amigos...!

Para lograr dormir, me empastillé esa noche. Tuve pesadillas. Mi mujer, al día siguiente, me comentó que estuve inquieto en la cama, que me escuchó respirar agitado, bañado en sudor. Estaba hecho una mierda. Mi espalda era una trenza de nervios. El tiempo seguía su curso, implacable. Cada vez que revisaba el Messenger, me topaba con el mensaje del perfil de esa tal Priscila. Lo leía una y otra vez. Vomitaba en el baño, asqueado. Borré todas mis conversaciones y eliminé a cientos de contactos de mi red social. Comenzaron a llegar mensajes de "amigas" con las que había chateado cachondo. Sin responderles nada, eliminaba el mensaje, luego a ellas de mi Facebook, y las bloqueaba del Messenger. Vivía en la paranoia. Lo mismo hice con mi WhatsApp; bloqueé a todas aquellas con las que antes disfruté conversaciones candentes, como si al limpiar mis redes, exorcisara mi conciencia.

Entré a revisar mis opciones de privacidad en Facebook. Optimicé todos los controles de mi configuración. Demasiado tarde. Estaba metido en un problema que me consumía de manera letal. Tenía el dinero que me pedían, no me importaba pagar. Sin embargo, tenía mucho miedo porque sabía que jamás estaría seguro de que esos *screenshots* iban a ser destruidos. Siempre se puede guardar una copia. No hay manera de corroborar que sean eliminados para siempre de la vida digital. Y menos tratándose de un ente desconocido, remoto, quien los tenía en su poder. Un fantasma cibernético sin rostro ni cabeza. El plazo se cumplió, tres días en los que no comí, los pasé encerrado en mi despacho, aferrado a encontrar una solución. Entonces, llegó el mensaje a mi Messenger.

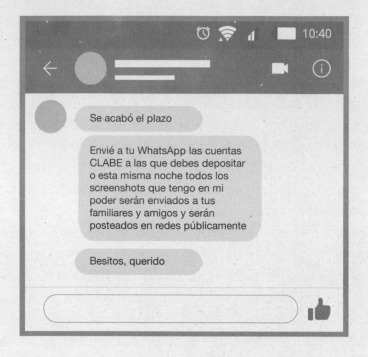

La tal Priscila me tenía agarrado de los huevos. Esos tres días el pánico me paralizó. El miedo a ser descubierto me atrofió los sesos. ¡Y no pude hacer nada! ¡Nada!

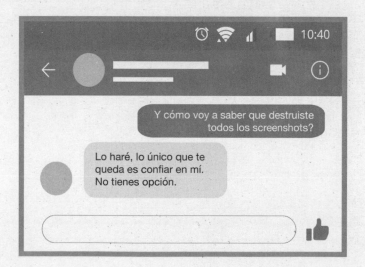

Cierto, no tenía opción, sólo pánico. Miedo de que mi vida se destruyera en un segundo, de perder a mi esposa, el amor de mis hijos, el respeto de mis padres, de mis colegas. De que lo que tanto me había costado edificar se derrumbara en un instante. Hice las transferencias. Pagué el precio de mi lujuria y excesos. Minutos después, llegó el último mensaje al *inbox*.

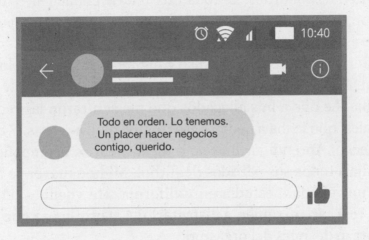

Y se desactivó la cuenta. Me sentí perdido, en el limbo. Condenado a vivir en desasosiego para siempre.

No podía pedir ayuda a nadie. Era tanta la vergüenza de mis actos que no pude arriesgarme a que alguien más se enterara de la inmoral e ignominiosa experiencia que atravesaba. Lo único que hice al día siguiente fue pedir informes en los bancos sobre las cuentas a las que transferí. Las cuentas estaban a nombre de José Luis Hernández Sánchez, con dirección en una calle de Ciudad Juárez, tierra del cártel de los Zetas. ¿Y si era un Zeta con quien cachondeaba? ¿Y si jamás fue una mujer? ¿Y si cachondeé con una mujer de un Zeta? Dejé de pensar pendejadas. ¡Horror! No quise indagar más. Entre más meditaba, más se metía el pánico entre mis entrañas.

A cuatro años del suceso, lo que me ha detenido a investigar más ha sido mi propia vergüenza. No puedo ir ante una autoridad judicial a contar mi caso, porque me hundo yo mismo. Vivo con la vergüenza encajada en el alma. Con el miedo permanente de que un día vuelvan a usar esos *screenshots* en mi contra. He leído sobre casos parecidos al mío. En muchos artículos hablan de bandas organizadas para realizar este tipo de sobornos. Es toda una red de delincuentes que se aprovechan de enfermos como yo para sacar su tajada. Todo este tiempo he vivido con el temor en mis venas.

Cerré mi Facebook, no uso ninguna red social, sólo el WhatsApp para comunicarme para asuntos de trabajo y de familia. Le dije a mis allegados que me saturaron las redes sociales, que le iba a dedicar ese tiempo a otras cosas. Y eso he hecho. Aprendí jardinería, a jugar ajedrez, acompaño a mi hija a todos sus partidos de futbol. Mi hijo mayor se fue a la universidad, estudia en California. He vuelto a tener sexo real con mi mujer, a disfrutarlo. A sentir la paz que da el abrazo después del orgasmo.

Me gustaría regresar al grupo de autoayuda para adictos a internet y contarles mi experiencia. Decirles que perdí el hábito a trancazos. Tirado en la lona, embarrado de impudicia e intranquilidad. Así vivo la vida. A pesar de que fluyo, hay un peso en mi conciencia y lo cargo cada segundo.

¿Quién era Ariana? ¿Quién era Priscila? ¿Quién demonios era ella? ¿Quién, José Luis? Tal vez nunca lo sabré. El costo económico fue lo de menos. Lo más costoso ha sido pagar cada día de mi vida las consecuencias de mis acciones con dosis inauditas de miedo. Crisis de pánico que han tenido que ser atendidas por mi psiquiatra.

Consumir medicamentos para conciliar el sueño. Vivir en zozobra permanente. Muchas veces he sentido el deseo de morir, pero hasta para eso soy cobarde. Aquí sigo, con los pies en la tierra, uso internet para leer noticias, investigar asuntos de trabajo. Checo las redes de mi esposa y de mis hijos, a través de sus propios dispositivos, recitándoles a menudo que tomen precauciones, que no acepten en sus contactos a gente extraña. Les cuento historias de casos (obviamente parecidos al mío) para advertirles del peligro que existe en el ciberplaneta. Les insisto en que sean cuidadosos con lo que escriben a otras personas en sus *chats*. Todo queda registrado. Nada se evapora. Les reitero que así como cuidan lo que hacen en su vida real, deben cuidar lo que hacen en su vida virtual. Consejos que brotan de mis temores, de mi propia y jodida experiencia.

Tal vez algún día el miedo abandone mi cuerpo, pero mi conciencia jamás se librará del peso de mis actos. En mi memoria emocional ha quedado registrado de modo perenne lo sucedido. Quizá nunca pase nada. No lo sé, no estoy seguro de ello. Eso es lo que taladra mi paz, no me deja seguir mi camino con pies ligeros. A veces me entra la paranoia si algún *e-mail* extraño llega a mi bandeja de entrada, me pongo histérico. Bloqueo, elimino, borro, envío el contenido a *spam*, reporto todo. Es como haber sido secuestrado mentalmente de por vida.

Sólo me queda tener fe, aunque poca, no perderla. Confiar en que fue una lección que me puso el destino para frenar mis más bajos instintos. Para eliminar de mi alma una parte sucia y retorcida. El exorcismo que necesitaba para expulsar mis demonios.

Póst-Umo

Richard
en línea

> No inventes!!! Neta??? Eres gay??? 2:15 PM

Sí 2:15 PM

> Ay, no mames!!! 2:16 PM

¿Y tú? 2:16 PM

> Obvio NO!!! 2:16 PM

Júrame que no se lo dirás
a nadie ! 🙏🙏🙏 2:17 PM

¿Luis ? no me dejes en visto.... 2:18 PM

Escribe un mensaje

Queridos papás:

Perdónenme por lo que voy a hacer. No aguanto tanta presión. Antes de que ustedes se enteren por las redes sociales y por todos los chismosos de la escuela, prefiero hacer esto.

Le confesé a Luis que me gustaba, que estaba enamorado de él. Se burló, me dijo que se lo diría a todo mundo. Yo borré la conversación del WhatsApp. Él me envío los screenshots de lo que habíamos hablado y de las fotos que le mandé.

Siempre he tenido tendencias suicidas, pero nunca me había atrevido a realizarlas, por un miedo mayor. Sé que nunca han creído que po-

día hacerlo, que piensan que todo lo hago por llamar la atención.

Perdónenme por fallarles. Siempre quise ser un hijo ejemplar para que estuvieran orgullosos de mí, pero no lo logré. Eso me pesaba mucho, cada vez me sentía más solo. No sólo en la escuela, sino en mi casa, por la burla que me hacían mis hermanos, de que era muy tímido porque nunca quería "tirarle la onda" a las chicas que conocía. La situación en la prepa era similar. No me atreví a contarle a nadie que me gustaban los chicos. Con Luis pensé que sería diferente. Él tampoco tiene novia, creí que también era gay, porque un día me mandó una foto de unos chicos besándose.

Mientras escribo esta carta, veo que Luis publica los screenshots *de mi confesión. Muchos comenzaron a escribir comentarios de burla. No puedo soportar la situación. Por eso, mejor me quito la vida. Al fin y al cabo a nadie le interesa lo que siento.*

Perdónenme por el dolor que les voy a causar, por la vergüenza que les provocarán las burlas sobre mí, y por mi partida. Perdón, mamá. Perdón, papá. Los amo.

Ricardo

"Esta es la carta póstuma que se encontró en la habitación de Ricardo, el adolescente que se suicidó el día de ayer y que momentos antes de quitarse la vida *posteó* en su perfil de Facebook. Su caso se ha viralizado. Ha alertado a la sociedad sobre la importancia de incentivar campañas para prevenir el suicidio y el *bullying*", concluía la intervención de la reportera durante el noticiero en la televisión.

Ricardo era mi compañero de clase. Se sentaba en el pupitre de a lado, era mi amigo. La noticia de su muerte nos cimbró a todos. Quedamos alterados y conmovidos cuando se nos informó el suceso.

Yo conocía bien a Ricardo. No éramos amigos tan cercanos, pero sí de esos que se juntan en los recesos a compartir un sándwich y cotorrear sobre videojuegos. Más de cinco veces estuve en su casa; me invitaba a jugar Xbox. Un par de ocasiones trabajamos en equipo, expusimos juntos temas de historia y de química. En la preparatoria el ambiente es pesado. Hay grupitos que practican el *bullying* sobre quien se deje. Ricardo era una de sus víctimas. Era de complexión delgada, frágil, no le gustaba el futbol, ni el americano ni salir a los antros. Por eso se mofaban de él. No lo llegué a considerar un amigo porque no teníamos una relación cercana. Una amistad fraternal, pero no íntima. Nuestros intereses eran distintos. Yo juego en el equipo de futbol, él estaba en el grupo de teatro. A Ricardo le encantaba tocar la guitarra; a mí, patear el balón. Sin embargo, me encabronaba que lo molestaran, que se burlaran de él porque se juntaba con mujeres. Delia e Hilda eran sus mejores amigas. Asistía con ellas a obras de teatro y a conciertos acústicos. Más de una vez lo llegué a ver ayudándoles a pintar acuarelas para la clase de arte.

A mí no se me hacía "anormal". En mi casa me han enseñado a respetar, que cada persona es distinta, que no tenemos todos que ser iguales. Mucho menos podemos discriminar a alguien. Mis padres siempre insisten en que debo tratar a los demás como me gustaría ser tratado. En este planeta hay mucha gente con ideas chiquitas, con cerebros reducidos, que sólo aceptan lo que perciben semejante. Rechazan todo lo que no quepa en el encuadre de su reducida percepción. Muchos de esos seres agreden, insultan, lastiman, se aprovechan de las debilidades de otros para sentirse superiores. No miden las consecuencias de sus actos. Les importa nada lo que pueda sentir el otro. Nulos de conciencia y de empatía, insensibles al dolor ajeno, incluso lo disfrutan.

Deberían legislar a profundidad este asunto porque, por no contar con las protecciones legales y civiles al respecto, se viven casos como el de Ricardo, quien no tuvo a quién acudir ni cómo defenderse. Prefirió la muerte al escarnio público.

Cuando el insensible de Luis se enteró de la muerte de Ricardo, borró todas las publicaciones que había hecho. Eliminó los *screenshots* de las redes sociales, pero era demasiado tarde. Ricardo estaba muerto.

En la preparatoria, los directivos convocaron a una reunión general para hablar del tema. Asistimos padres y alumnos, maestros y autoridades. Estuvieron presentes miembros de la policía. El silencio de todos enmarcó esa junta. El espíritu de Ricardo deambuló entre nosotros durante esas tres horas que duró el evento. La directora de la escuela habló del *bullying* en las redes sociales. Dijo que es a veces peor que otro tipo de *bullying*, porque sucede sin que la persona pueda evitarlo, ni importar dónde se encuentre. El *bully* se mete en tu vida sin piedad, provocándote la sensación de que no puedes estar seguro en ningún sitio.

Después habló una psicóloga, nos dio consejos para protegernos, como cambiar las configuraciones de privacidad de nuestras redes sociales, para que sólo las personas que nosotros autoricemos vean nuestros contenidos compartidos. De preferencia, nos sugirió mantenerlas en privacidad de "sólo amigos". ¿Y si es un amigo quien te lastima?, me pregunté en ese momento. Ricardo creyó que Luis era su amigo. Le tuvo confianza. La psicóloga habló de cómo blo-quear, proteger nuestros *e-mails,* aplicaciones y demás. Por mi mente pasaban muchas ideas; por mi corazón, muchos sentimientos. Mientras escuchaba sugerencias de cómo uti-lizar las redes sociales de manera adecuada y protegida, en mi interior se removía la impotencia. Crecía en mí el deseo de ir a partirle su madre a Luis. Deseos de que resucitara Ri-cardo. No debió suicidarse. Menos por culpa de ese pendejo.

Comenzó la intervención de uno de los policías presen-tes, quien nos sugirió que si llegábamos a ser víctimas de *bullying*, tomáramos *screenshot* de todo. Nos dijo que eso sería una evidencia del acoso, que podíamos utilizar más adelante. Me puse a pensar: ¿acaso no fue lo que hizo el im-bécil de Luis? ¡Tomó evidencia de sus conversaciones con Ricardo y las usó en su contra!

El arma y el escudo eran la misma chingadera: *screens-hot*s. ¡Mierda y más mierda! "Si alguien comparte fotogra-fías o videos sexuales tuyos, de inmediato busca a la policía", dijo el oficial. ¡Como si fuera tan fácil! ¿Acaso no leyeron la carta póstuma de Ricardo? Hay personas que no tienen la fuerza emocional ni el valor para que otros se enteren de sus cosas íntimas. Mi compañero no tuvo la entereza para admitir su orientación sexual de esa vil manera. ¡Y no tenía por qué hacerlo! Era asunto suyo, privado, que él debería decidir cómo y cuándo expresarlo ante familiares y otras personas.

Le arrebataron el derecho de vivir su proceso, de encon-trar su propia ruta. Lo hicieron de una ridícula e insensible manera. Neta que esa tarde, en esa junta, estuve a punto de ponerme de pie y decir que para qué tanto rollo si nada de eso iba a resucitar a Ricardo.

Por último, uno de los profesores tomó la palabra y nos dijo que cada uno de nosotros éramos guardianes de nuestra sociedad, que no compartiéramos publicaciones ofensi-vas con otras personas ni contenidos inadecuados. Que si veíamos algo así en redes, lo reportáramos de inmediato a nuestros padres, profesores, personas de confianza, y a los sistemas mismos de redes sociales, para que eliminaran los contenidos. Que un *bully,* por lo general, es una persona llena de dolor, con problemas emocionales y que necesita ayuda, orientación.

Salimos de ahí llenos de información, tips y sugeren-cias. Se sentía un ambiente pesado, cargado de la presen-cia de Ricardo. Creo que, de alguna manera, cada uno de los presentes que lo conocimos, nos sentimos responsables de su muerte, por no haber hecho algo, por haber visto las publicaciones de Luis. Yo no compartí nada, pero ahí, esa tarde, estaban presentes muchos compañeros que dieron *share* a los *screenshot*s que exhibían a Ricardo. Muchos de ellos hicieron comentarios burlones, pusieron *emojis, gifs* de carcajadas y pendejada y media. Todos salimos con esa muerte sobre nuestras conciencias.

Y para qué se hace uno el tonto, lo que se sube a inter-net puede ser permanente. Aunque lo bajes, no falta quien tome *screenshot* y lo vuelva a subir. Lo que ahí se pone pue-de ser visto por cualquiera. Es súper fácil tomar capturas de pantalla de todo, guardarlas y luego compartirlas por todos lados. Nunca sabes por dónde te puede salir un metiche o un soplón. Regla de vida: si no quieres que alguien se ente-re, no lo mandes por ningún medio digital. No lo escribas, no lo postees, no lo compartas, porque siempre habrá un ojete que tome *screenshot.* Así de vulnerable es tu vida vir-tual. No sé cómo existe tanta gente que publica en redes todo lo que hace.

Si quieres desahogarte, ve a un pinche psicólogo o tó-mate un café con alguien en quien confíes. Aunque, la neta, ese Luis se pasó de lanza. Se suponía que entre ellos había confianza. Pinche sociedad. En la confianza hay peligro, a como están las cosas.

El lado positivo de internet es que, si lo usas bien, aprendes muchas cosas. Esa noche me puse a googlear y encontré que existe el *cyberacoso*, que es entre adultos. También el *cyberacoso* donde hay una finalidad sexual en los comentarios y, por último, el *ciberbullying* entre jóvenes, menores de edad. Ricardo se suicidó a los diecisiete años, entraba en esta última clasificación. Descubrí que en España, por ejemplo, está legalizada la pena ante estas conductas. Lo clasifican como delito penal y le avientan al delincuente cárcel, que va de tres meses a dos años. Si se acosa a una persona vulnerable por edad, enfermedad u otra condición, aplica prisión. Ahora que si entre los involucrados en el *ciberacoso*, existe una relación sentimental, familiar o afectiva, se les imponen penas que van de uno a dos años o trabajos comunitarios.

Mi búsqueda era motivada no sólo por la muerte de Ricardo. Yo también podría ser sometido algún día al *ciberacoso*. Nadie está a salvo en esta jungla virtual. Nadie. Encontré la página del gobierno mexicano dedicada al asunto del *bullying*. Debo admitir que está muy completa, tiene muchas ligas en donde puedes entrar y leer con detalle todo acerca del *ciberbullying*. Te explican qué es lo que debes hacer cuando seas víctima. Por ejemplo, proponen usar el *hashtag* #yoloborro. Encontré cientos de artículos de sucesos similares al que le pasó a Ricardo. Exposiciones públicas de asuntos privados en redes sociales y las consecuencias de ese tipo de experiencias. Casos de otros menores que habían decidido hacer lo mismo que mi compañero, es decir, morirse antes que someterse a la avalancha de impertinencias y ser juzgados por una sociedad que se siente con el derecho de meterse y opinar en la vida de cualquiera; sólo porque paga el pinche internet.

El policía que participó en la reunión de la preparatoria nos dijo que existían acciones legales en contra del *cyberbullying*. Se le imponen de cuatro a ocho años de prisión y multa de cuatrocientos a mil días de salario mínimo a quien haga uso de las redes y herramientas de datos para contactar a una persona menor de edad con fines de acoso. Ojalá y sea cierto. Que nuestros legisladores trabajen más este asunto porque, como dice el encabezado del periódico Milenio en un artículo: "El *bullying* es un delito, no una travesura". Y el *cyberbullying* es lo mismo..

Si el imbécil de Luis creyó que le jugaba una broma a Ricardo, o que hacía una inofensiva travesura, se equivocó. En el mismo momento en que posteó esos *screenshots*, empujó a Ricardo a tomarse todas esas cajas de medicinas con alcohol (cuando él jamás tomaba) que le provocaron el colapso y la muerte.

Me imagino la cara de ese pendejo al decirle a sus padres: "era una broma, ya lo borré". Como si con eso le regresara la vida al cuerpo de quien confió en él y llegó a confesarle secretos y su sentimientos.

Habrá quien argumente que Ricardo era emocionalmente frágil. Que sus padres son responsables por educarlo como lo hicieron y por no tener una comunicación adecuada con su hijo. Habrá quienes le echen la culpa a su orientación sexual, que sus prejuicios les hagan externar estupideces, como "se suicidó porque era gay y no lo aceptaban". A otros les he escuchado decir que fue un "cobarde", que debió enfrentar a Luis, hacer las cosas por la vía legal.

El pasado es pasado. El hubiera vale madres. Ricardo está muerto y los *screenshots* de los posteos de Luis seguro aún circulan por ahí. Rolan por la supuesta "privacidad" que dan el WhatsApp o el Messenger de Facebook, para, entre "amigos", entretenerse con la tragedia de otro ser humano.

Los medios de comunicación hicieron su chamba. Lucraron con la desgracia que cayó encima de la familia de Ricardo. No tengo idea de lo que harán sus padres, tampoco los de Luis. Escuché a mi madre hablar con mi padre sobre la Ley Olimpia, ley que fue aprobada en catorce estados del país. En la Ciudad de México, le impone hasta doce años de cárcel al delincuente cibernético. Me puse a *googlear*, me enteré de que esa ley pudo concretarse cinco años después de que una joven de nombre Olimpia Coral Melo, cuyo video íntimo se difundió sin su consentimiento en internet, impulsó las legislaciones. De ahí, la violencia digital se tipificó como delito. *La Ley Olimpia define la violencia digital como actos de acoso, hostigamiento, amenaza, vulneración de datos e informacion privada, así como la difusión de contenido sexual (fotos, videos, audios) sin consentimiento y a través de las redes sociales, atentando contra la integridad, la libertad, la vida privada y los derechos, principalmente, de las mujeres"*, establece un boletín del Senado de la República. Tendré que investigar más al respecto, saber si incluye a hombres.

La neta, siento que esta historia que les cuento no ha llegado a su fin. Que es una historia con capítulos anteriores, con más por escribirse. Siempre existirán Ricardos vulnerables y Luises insensibles, porque en este pinche mundo en el que cada vez se vive menos en contacto con la realidad, en donde tener un perfil virtual es lo de hoy, nadie sale bien librado. Siempre existe un *screenshot*.

El bendito *screenshot* milagroso

La tecnología nos ha envuelto a todos, incluso a quienes han abrazado la palabra de Dios. Soy Olivia y trabajo como asistente administrativa en una institución educativa religiosa. El Colegio Quiroga tiene prestigio como un lugar que ha instruido a célebres personajes de la sociedad queretana. La madre superiora, de nombre Lucila, junto con otras catorce monjas de su orden, maneja la escuela con meticulosidad y bajo los más estrictos estándares de ética, moral y calidad.

A la cabeza de todas ellas, y como una autoridad a la que se otorga un gran respeto, está un cura de nombre Roberto. El padre Beto, como cordialmente le llamamos todos, el personal del colegio, los padres de familia, los alumnos y las hermanas de la orden.

El Colegio Quiroga no se quedó atrás en la evolución tecnológica de nuestra época. Se instalaron proyectores, pizarrones electrónicos, y se promovió el uso de dispositivos de lectura digitales, así como de otras herramientas para el ejercicio pedagógico. A todo eso, se agregó el uso de WhatsApp entre el personal de la institución y los padres de familia, para tratar los asuntos relativos a las actividades académicas o dar avisos de todo lo que sucedía.

En uno de los grupos, estábamos padres de familia, la madre superiora, algunos maestros coordinadores de áreas y tres de las asistentes administrativas. Ese grupo se usaba para estar pendientes de avisos y asesorar en lo que se requiriera a las familias de los alumnos. La directora nos estableció reglas de uso muy precisas. No podíamos enviar ningún tipo de memes, cadenas ni temas que no estuvieran relacionados con los asuntos del colegio. Quejas, sugerencias y cosas por el estilo deberían hacerse llegar por los medios oficiales. El grupo se formó para asesorías, dudas sobre tareas de los alumnos, avisos de última hora, modificaciones de horarios por condiciones meteorológicas o recordatorios de las misas obligatorias para los padres de los alumnos, a las que debían asistir juntos como forma de promover la unión familiar. Asuntos de ese tipo se acostumbraban y, a veces, uno que otro mensaje de corte bíblico para recordarnos parte del evangelio, también algún mensaje motivador de parte de la directora. En este contexto que les comparto, podrán imaginarse ustedes lo que me impactó aquella noche recibir en ese grupo de WhatsApp un mensaje como el que les voy a describir.

Una madre de familia, cuyo hijo se llama Rubén, hizo una pregunta al medio día, que correspondía responder a mi área. Por andar ocupada en mis pendientes, no pude contestarle. Justo cuando estaba escribiendo la respuesta a esa señora, llega al *chat* una foto del padre Beto. No fue una fotografía cualquiera, era una imagen donde se veía la cara del sacerdote que, acostado, mostraba sus "partes íntimas". Una *selfie*, como dicen los jóvenes, donde enseñaba, como vulgarmente dicen, "su paquete". ¡Ave María purísima!

De inmediato, el padre Beto la eliminó. Lo hizo demasiado tarde. Yo alcancé a tomar un *screenshot* de semejante barbaridad. Por tratarse de una hora tardía, no estaban conectadas otras personas. Me tocó a mí ser la única observadora de su impudicia. No piensen que hice esa captura de pantalla porque soy una morbosa. Se me ocurrió hacerla porque me pareció algo de lo que debería conservar evidencia. Algo muy delicado. No crean que a mí me gusta ver vulgaridades por ese medio. Tengo grupos de amigas de uso privado y confidencial, en donde, en ocasiones, envían los famosos memes subidos de tono, los del típico hombre musculoso, semidesnudo, que trae una flor entre las piernas, por ejemplo. Nunca guardo eso. Lo borro por tratarse de cotorreo inofensivo entre amigas que se tienen cierta confianza.

Pero, lo que vi esa noche fue imperdonable. ¡Qué bárbaro el padre Beto! ¿Cómo se le ocurre enviar esa foto, a ese *chat*? ¿A quién se la envió en realidad? Porque debió equivocarse. ¿Ese tipo de mañas tenía el curita? ¡Ah, qué susto y desilusión! Tan propio y bien portado que aparentaba ser. Hasta ponía los ojos de huevo cocido cuando recitaba los salmos durante las mismas. ¡Me dio mucho asco y coraje! No pude conciliar el sueño esa noche. Me la pasé preocupada. Reflexionaba sobre si yo fui la única que alcanzó a ver la imagen o si alguien más la vio. El *chat* se mantuvo silencioso. Solo aparecía el anuncio de que el padre Beto había eliminado un mensaje. Nadie respondió ni dijo nada.

Preferí responder el mensaje pendiente a la señora hasta la mañana siguiente. No quise que el padre Beto se percatara de que yo estuve conectada al momento de su impropiedad. Tenía en mi poder el *screenshot*. Hice esa captura de pantalla para tener una prueba de la majadería del curita, al que todos creíamos tan decente y veíamos como ejemplo de esa vocación sacerdotal.

Llegué a trabajar con la evidencia en mi dispositivo móvil. Con el paso de las horas, y por los comentarios de las madres de familia en el *chat,* me di cuenta de que nadie más había visto la fotografía del cura. Varias comentaron en el chat: *Buenos días padre, ¿qué mensaje eliminó?* Mensajes que fueron leídos e ignorados por el sacerdote, mensajes que se perdieron entre los muchos otros contenidos que empezaron a compartirse, como cada mañana. Que si la junta de recaudación de fondos para el nuevo auditorio, que si los precios del nuevo uniforme deportivo de los alumnos. Preguntas de algunos padres de familia sobre el campamento de verano. Así se perdió poco a poco la lectura de eliminación de mensaje del padrecito majadero. Pero yo tenía el *screenshot*.

Al terminar la jornada matutina, pedí a la madre Lucila que me concediera unos minutos. Cuando le externé lo que había sucedido, me empezó a interrogar, como si yo fuera la de la majadería. Me dijo que le enviará directo a su WhatsApp el *screenshot* que tomé. ¿Y qué creen? Estaba yo tan nerviosa que me obnibulé, lo envié sin querer al grupo donde están sólo las mamás de la mesa directiva. Hasta el día de hoy, la madre Lucila no me cree que no fue intencional. Pero a ustedes les digo la verdad: lo hice por error. No soy muy buena para esto.

Cuando me percaté, quise eliminarlo. Demasiado tarde, habían escrito cuatro comentarios las señoras. En ese grupo, estaba la madre Lucila. Al entrar en su oficina, lo primero que traté de explicarle fue que se lo iba a mandar en privado a ella, pero como el *chat* de la mesa directiva estaba justo abajo del suyo, no puse atención y lo mandé por equivocación. ¡Qué podía hacer! Ahora ese *screenshot* estaba en manos de las doce mamás de la mesa directiva del colegio. La bomba estalló.

La madre Lucila no tiene un pelo de tonta. Me echó ojos de pistola y escribió en el chat.

Mesa Directiva
Madre Lucila, Señora Ben...

Queridas integrantes de la mesa directiva, lo que acaba de enviar mi asistente es un contenido confidencial. 2:17 PM

Lo ha compartido con ustedes para que tengamos una reunión. Confío en su prudencia y cordura. Entre todas podremos tomar una resolución al respecto. Puesto que se trata de algo muy delicado.
Necesitamos tratarlo con cautela. Ustedes son un pilar de nuestra institución.
Las convocamos hoy a las 6 de la tarde en la capilla principal del colegio para que juntas, tomemos decisiones al respecto. 2:17 PM

Escribe un mensaje

Aparecieron las palomitas azules. Todas lo habían visto. Me preguntaba si alguien habría guardado la foto, ¿alguien tomaría *screenshot*? Me pasó por la mente la publicación por todos los rincones virtuales posibles del *screenshot* de la imagen del curita. Seguro sería reenviada a otros *chats*, compartida en redes sociales. Me dio escalofrío.

Como era de esperarse, la madre Lucila me tupió de regaños. Me dijo que era una imprudente, que no tenía idea de que yo le tuviera tan mala fe al padre Roberto. Que debía haber quedado en secreto, porque ponía en riesgo la honorabilidad del padre y la del colegio, que gozaba del mejor prestigio, no sólo en Querétaro, sino en todo el país. La madre Lucila me acusó de conspirar para desprestigiarles. ¡No lo podía creer! ¿Cómo pensaba eso de mí?. Se preocupaba más de la reputación del padre que de la falta que él cometió. Para defenderme, le dije era lo opuesto, que me había equivocado al enviárselo a ella, pero que lo que en realidad pretendía era demostrarle que el padre Beto ponía en peligro el prestigio del colegio. Al ver la reacción negativa de la religiosa, en mis pensamientos se instaló la idea de que fue una mano divina la que me hizo reenviar el *screenshot* al *chat* de las madres de familia. Seguro que si sólo se lo hubiera enviado a la madre Lucila, existía un noventa y nueve por ciento de posibilidades de que no hiciera nada.

Era comprensible que quisiera guardar silencio. Comprometía el prestigio y la imagen de la institución. Pero mi conciencia me decía que el padrecito debería tener su escarmiento. No se puede ir por la vida con un proceder tan falso y atrevido. Menos, tratándose de un servidor de Dios, ejemplo de conducta para la gente.

Mientras escuchaba en silencio los regaños de la superiora, ¡tómala!, que le llega mi bendito *screenshot* en otro mensaje. ¡Se lo reenvió el padre Ramón, del Arzobispado!

Ahora sí me iba a cargar en brazos la calamidad. Sólo vi la cara pálida de la madre Lucila. Los ojos de metralleta que me echaba al mostrarme el *WhatssApp* en el que su superior le ordenaba llamarlo de inmediato.

¡Ay, Olivia! ¡Tan sencillo que hubiera sido ignorar el mensaje! ¡Fingir demencia para no meterte en embrollos! ¡Ah, no! ¡Ahí vas de defensora de la congruencia y de los valores! Me sudaban las manos, por mi mente pasaron todas mis deudas, porque seguro me quedaba sin trabajo. Ni los abonos chiquitos iba a poder pagar.

La directora me pidió abandonar su oficina para hacer la llamada en privado al padre Ramón. Me recordó que tenía que estar presente en la junta convocada para esa tarde.

—Tengo que ver cómo enfrentar la avalancha de acontecimientos escabrosos que se avecina, por su imprudencia —dijo. Me señaló la puerta con cara de enemiga.

¡Santo Niño de Atocha! ¡San Antonio! ¡Santa Eduviges! Invoqué a todos los santos durante el trayecto a mi casa. No comí nada, me la pasé mascando chicle, tomaba agua. Veía transcurrir los minutos en el reloj de mi celular como tortugas. Supervisaba cada mensaje que entraba a los *chats* del colegio en mi WhatsApp. Contestaba los que tenían que ver con mis funciones administrativas. Del padre Beto, ni sus luces. El muy ladino leía todos, pero no intervenía. Sólo estaba de mirón. ¿Estaría enterado? ¿Y si le enviaron mi *screenshot*? Me consumían la zozobra, la espera, la curiosidad. Quería que dieran las seis de la tarde para conocer las consecuencias futuras de mi proceder, y las del curita.

Nunca antes el padre Roberto dio indicios de comportamientos pervertidos. Ni por error hubiese pasado por mi cabeza la idea de que le gustara tomarse fotografías en esas circunstancias. ¿Desde cuándo lo hacía? ¿Iba dirigida a la mamá de alguno de nuestros alumnos y se equivocó? ¡Madre Santa! ¿Y si era pederasta o uno de esos pervertidos sexuales como los que salen en los medios de comunicación, que tienen toda una historia de desenfrenos e inmoralidades en las redes sociales? Todo este tipo de reflexiones me atacaban. Lo que estaba por suceder pondría en riesgo la imagen de una de las instituciones educativas más costosas y de mayor prestigio del estado. Pondría en entredicho la honorabilidad de la orden religiosa, de la Iglesia en su totalidad. Ese tipo de cosas son bombas expansivas; dañan a muchos kilómetros a la redonda.

Durante la junta de la tarde, estuvimos presentes la madre directora, otras tres hermanas de la congregación, las doce madres de familia de la mesa directiva y el padre Ramón, del Arzobispado. La conclusión a la que llegaron todos fue que yo debía retractarme. Que se iba a manejar el asunto con la explicación de que ese bendito *screenshot* había sido manipulado. Que era un invento creado con la ayuda de la tecnología, de programas y aplicaciones que existen para fabricar ese tipo de imágenes. La superiora me pidió enfrente de todos que aceptara la resolución para proteger la imagen del colegio, de la congregación, de la Iglesia, y la reputación honorable del padre Beto. Me dijeron que harían las acciones correspondientes para transferirlo a otro colegio, en otro estado. Que yo podía continuar con mi trabajo en la escuela como si nada hubiese ocurrido. Además, me pidió que reconociera ante todos que la incómoda situación había sido provocada por mí. ¡Por mi *screenshot*! ¿Qué no había sido provocada por la fotografía del cura con su "paquete" de fuera? ¡Su pene, pues!

Respiré hondo, saqué valor de mis principios y me negué a aceptar semejante postura. Les dije que no podía creer lo que decían. Ante la insistencia de la superiora, dije que lo pensaría. Frente a los ojos atónitos de todos, salí de ahí con aires de ofendida. Estaba encabronada de que ninguno de los ahí presentes tuviera otro plan distinto al encubrimiento de los hechos. Me enojó que no estuviera presente el culpable de todo. Al preguntar por la ausencia del padre Roberto, me dijo la superiora que no había asistido por razones de prudencia. Que bastantes momentos incómodos tendría que enfrentar en el Arzobispado como para exponerlo ante la mesa directiva. Fui testigo de cómo a esas señoras encopetadas les importaba más el qué dirán, que la confianza en las personas que están a cargo de la educación de sus hijos. Contentas con la resolución de que el padre Beto no regresara, y de que todo siguiera igual. De acuerdo con que el asunto permaneciera tapado, sin ventarrones en sus horizontes que levantaran el telón de su teatro y despeinaran sus hipócritas copetes.

Si yo fuera madre y eso sucediera en la escuela de uno de mis hijos, sería una de las primeras en exigir respuestas contundentes. Sanciones ejemplares ante acciones tan inmorales. Porque ese curita no había enviado por error un meme indecente a un *chat* equivocado. ¡No, señor! ¡Había mandado su *selfie* con pene incluido! ¡Qué decepción! La atacada, juzgada y señalada fui yo. Hasta culpable me hicieron sentir por haber tomado esa captura de pantalla.

Una de las señoras expresó: "pues tú debes ser medio pervertida, para haberle tomado *screenshot* a eso". Obvio, ahí mismo, frente a mis ojos, me sacaron de los grupos de WhatsApp de la escuela. Como he narrado, me negué a sus propuestas inmorales. Salí diciéndoles que lo iba a pensar, que era algo muy delicado que no quería cargar en mi conciencia. Que se me hacía demasiado suave el coscorrón que le darían al curita.

Entonces, sucedió algo inaudito, increíble, inesperado. Apenas llegué a mi casa, no había pasado ni media hora,

71

cuando me mandó un mensaje la señora Lupita, mamá de Pepe, uno de los alumnos de tercer grado, con la que he llegado a tener un lazo de confianza y amistad. Me mandó un *screenshot* donde me mostraba cómo la madre Lucila les informaba a todos de la infamia que yo le fabriqué al padre Roberto. ¡Así como se los cuento! Verdad de Dios. La monjita cabrona, haciéndome quedar como la culpable de lo sucedido. No lo pensé ni por un minuto. Le agradecí a la mamá de Pepito su consideración y aviso. De inmediato, le escribí el siguiente mensaje por el *chat* privado a la superiora:

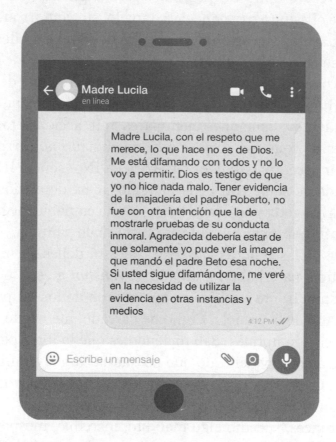

Y me respondió:

Madre Lucila
·en línea

No cometa usted más tonterías, Olivia.
La espero mañana a primera hora en mi
oficina.
Esto de su bendito screenshot lo
arreglaremos de la mejor manera...
iluminadas por Dios Nuestro
Señor. 🙏🏽   4:13 PM

🙏 2:17 PM

😊 Escribe un mensaje   📎 📷 🎤

Deduje que no iba a ser tan tonta para insultarme o decirme algo inapropiado por el *chat*. Estaba temerosa de que yo tomara *screenshot*. Convencida de que mi postura era la correcta, me fui a dormir agobiada, pero en paz, resignada a buscar un nuevo empleo pero dispuesta a llegar hasta las últimas consecuencias si la madrecita seguía injuriándome.

A la mañana siguiente, frente a frente, la madre directora y yo negociamos por largo rato. Al final de tres horas en las que mantuve mi postura, llegamos a un acuerdo. Ella, públicamente, por medios electrónicos y en una junta con todo el personal de la institución y padres de familia, declararía que yo no había difamado al padre. Que había sido un mal entendido, que ella se había alterado con el asunto y lo había manejado de manera presurosa, inadecuada. Me ofrecería disculpas ante ellos, y yo podría salir del colegio por voluntad propia, con una adecuada indemnización. Acepté que dijera que se había tratado de un montaje, de un *hackeo*, un ultraje de las redes del curita. Por razones obvias de prudencia y comodidad para los presentes, el padre Beto había sido transferido y reemplazado por otro sacerdote. Ese fue el desenlace. El hecho quedó en el terreno del rumor, nunca pasó al terreno de lo "oficialmente admitido".

Nadie volvió a saber del padre Beto. Mis ex compañeras de oficina me contaron que le enviaron sus pertenencias a Yucatán. Por allá debe continuar con sus andanzas. Qué lamentable. A mí lo único que me agobiaba al perder mi empleo eran mis deudas económicas. No sentía deseos de regresar a trabajar en ese ambiente incongruente. Me sentí liberada el día que me dieron mi cheque de liquidación y el adiós correspondiente.

Me acomodé rápido en otro empleo. En una casa de préstamos, como asistente de administración. Cambiar de aires me fue favorable. Estaba lejos de ese colegio, al otro extremo de la ciudad. Cosa curiosa, no quería ni acordarme de esa retorcida experiencia, mas conservaba el *screenshot* del curita pervertido. No crean que lo veo. No he vuelto a ponerle atención. Lo conservo por si algún día se ofrece usarlo para defenderme.

Uno nunca sabe lo que sucederá al deambular por los caminos del Señor. Dos años después, uno de esos días tan "normales" en los que se piensa que todo está bajo control, llegó una señora a la casa de préstamos. No iba a solicitar ningún servicio, iba a buscarme a mí.

—Buenas tardes, Olivia. Vengo a darte las gracias —me dijo en tono cordial.

—Buenas tardes, señora. ¿Gracias de qué? —pregunté intrigada.

—Sin saberlo, me libraste de un acoso que me atormentaba. Ese *screenshot* con el que revelaste las conductas indecorosas del cura del colegio iba dirigido a mí.

Me quedé con la mandíbula colgante y los ojos abiertos del tamaño de un planeta.

—Llevaba meses acosándome con mensajes inapropiados, lujuriosos, indecentes —prosiguió—. Me quedé callada por miedo a que se desquitara con mi hijo, que le hiciera perder su beca. Por miedo a mi esposo, a su reacción impulsiva y celosa. ¿Por qué en este país las mujeres siempre resultamos las culpables de provocar el deseo y la aberraciones de los hombres? Si tú no hubieras sido tan valiente, no sé qué hubiese pasado conmigo, y con el cura. Yo nunca tuve el valor de tomar captura de pantalla de los mensajes obscenos que me enviaba. Los borraba todos. Siempre he sido insegura, miedosa. El cura se percató de eso y se aprovechó de mi carácter temeroso para acosarme. Por eso te vengo a dar las gracias. Me lo quitaste de encima. Desde que se fue, dejó de molestarme. Gracias a Dios y a ti, mi vida regresó a la normalidad.

Le pedí que me esperara afuera, solicité permiso para salir por unos minutos de mi trabajo. Ese día, ahí de pie, en la banqueta, le di un abrazo muy fuerte. Un abrazo lleno de solidaridad y empatía. Le dije que la comprendía en plenitud, que se quedara tranquila. Su secreto era colocado en el corazón correcto.

—Lo sé —me dijo, y puso en mis manos un rosario de cuentas de cristal, luego se dirigió a su vehículo y partió.

Nunca la he vuelto a ver. En soledad recordé ese encuentro, rememoré su presencia en algunas juntas del colegio. Alta, trigueña, esbelta, vestida con ropa discreta, sin ostentar joyas lujosas. Era de las que nunca intervenía con comentarios en las reuniones, se limitaba a anotar todo en una libretita. Su hijo era un buen alumno. Sentí pesar y felicidad al mismo tiempo. Dios no se equivoca. El curita sí. Yo también. Los dos mandamos los mensajes al *chat* equivocado, pero Dios no. Todo tenía un propósito y, aunque le perdí la fe a las monjas y a los curas, a mi Dios no.

A algunos se les conceden los milagros en forma de imágenes en el cielo, a otros se les manifiestan en la sanación de algún ser querido enfermo. A muchos, se les ponen obstáculos para llegar a un sitio en el que sucederá una tragedia o un accidente. A esa señora y a mí se nos concedió con un *screenshot*.

Ahora que ha pasado el tiempo, reflexiono. Me gusta más la nueva fe que brotó en mí después de esa experiencia. A esa mujer se le liberó de un ser enfermo, disfrazado con sotana. A mí, de un trabajo en el que perdí la comodidad. Por las dudas, así como guardo en mi cartera estampitas de los santos de mi devoción, en mis archivos guardo ese bendito *screenshot*. A final de cuentas, ambos han sido milagrosos.

Deep Web

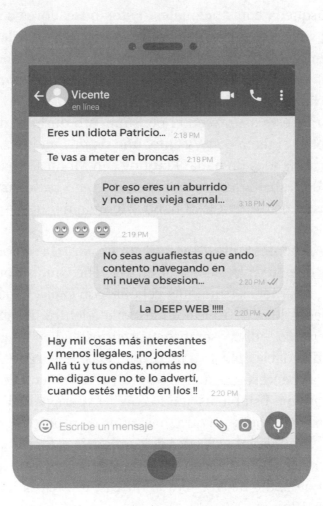

Todo comenzó cuando vi un reportaje donde hablaban de los niveles de la red de internet. Me pareció
fascinante enterarme que los buscadores convencionales sólo brindan información de un pequeño
porcentaje de todo lo que existe en el ciberespacio.
Desde niño soy curioso. Lo que se oculta a los ojos de
los demás, atrae los míos.

Me sentí interesado en la llamada red profunda, *deep
web* en inglés, que alberga contenido oculto a los motores
de búsqueda convencionales. Estos buscadores sólo acce-
den a sus propias bases de información. Según cálculos, re-
presenta no más de 15% de toda la información que circula
en internet. Para entrar ahí, se necesita un *software* especial y hacer unos ajustes en la computadora.

Traje este asunto en el pensamiento durante días. Hablé sobre el tema con Vicente, uno de mis mejores amigos.
Él no tenía idea de nada. Platiqué con Mónica, una compañera de trabajo que padece tecnofilia, no se separa de sus
dispositivos ni para ir al baño. Me imagino que ni cuando
tiene sexo.

—Si sientes tanta atracción por explorar la red profunda,
debes comenzar por conocer el TOR, The Onion Router. Patricio, internet es como una cebolla, con capas y más capas.
No tienes idea de todo lo que tiene adentro, es como una
matrioshka —dijo y sembró más curiosidad en mi cabeza.

Mi audacia aplastó a mi prudencia. Descargué TOR para
navegar y accesar a ese tipo de información oculta de manera anónima. Estaba fascinado con la experiencia. Una página me llevó a otra, y a otra, hasta que de pronto logré entrar
en un nivel de internet donde se maneja información ultra
confidencial. Ahí puedes estar de incógnito, está diseñado
para que nadie rastree lo que buscas, intercambias o compartes. ¡Bingo!

Prometí no volver a burlarme de Mónica y su tecnofilia. ¡Cuánto tiempo desperdicié al navegar por la red superficial! ¡Cada vez me cautivaba más explorar la *deep web*! Ahí es donde muchos gobiernos administran sus datos confidenciales, estrategias, negociaciones. El crimen organizado lo utiliza. Ha logrado sofisticar sus redes de espionaje y manipulación a nivel internacional. Todos los secretos están en la *deep web*.

Me sentía como espía que descubría un mundo escondido. Aprendí rápido a moverme en ese nuevo mar con otro *software* más potente. Mi pensamiento se obsesionaba más y más por conocer todo ese mundo hasta entonces inaccesible.

Una noche navegué hasta tarde. De repente, alguien anónimo con quien empecé a interactuar me dio nuevos consejos para ir aún más a fondo. Una especie de vértigo me arremetió. Nunca he sido adicto a nada, pero esta nueva ventana a tantos universos, de súbito, me generó adicción.

No tengo la menor idea de cómo lo hice, pero llegué a un sitio secreto de *hackers* internacionales. Comencé a chatear con alguien de la India que hablaba perfecto español. Durante la conversación me dijo: si llegaste hasta aquí, es porque tienes talento para *hacker*. Y se ofreció para capacitarme.

¡Me sentí hijo de Julian Assange! ¡Claro que la idea me gustó y acepté! De inmediato, me envió una ligas para bajar información con unos algoritmos que me permitían abrir cualquier página.

—¿A qué información quieres acceder? —me preguntó.

—No sé. ¿Dónde me sugieres? —le respondí emocionado. Confiado en mi nuevo tutor cibernético.

—Elige alguna cuenta de banco de alguien que conozcas y que tengas su CLABE —me dijo quien se presentó como

Macbeth Zinco. Me mostró cómo aplicar las herramientas de *hackeo* que me compartía.

La adrenalina se disparó en mi cuerpo. Por un lado, tenía una gran emoción, por el otro, me daba pánico. ¿Cómo sería posible que así, de repente, alguien ofreciera ayudarme a transferir dinero a mi cuenta?

—No sé. No tengo a nadie en mente —le escribí titubeante.

Me envío una solicitud de videollamada y la acepté.

—Hola, esta llamada es para darte la bienvenida y que te sientas seguro, en confianza —dijo en cuanto contesté. Apenas visualizaba su imagen, pero me di cuenta de que, por sus facciones, en efecto era un hindú. Estaba en una especie de oficina, tenía audífonos colocados.

—Me imagino que no quieres *hackear* ninguna cuenta de alguna persona que conozcas. Te haré un regalo de bienvenida al grupo. Revisa tu cuenta, te acabo de hacer una transferencia. Namasté —me dijo sonriente y colgó.

Al instante me llegó una notificación de mi banco al celular avisándome que tenía una transferencia de cien mil pesos.

¡No lo podía creer! Pensé que el correo sería *fake*. Entré a la aplicación de mi banco y descubrí que era verdad. ¡Tenía ese depósito!

Recibí otro mensaje de Macbeth diciéndome que no me preocupara, la transferencia había salido de una cuenta de una empresa trasnacional que lucra con millones de personas. Que era justo que parte del dinero que genera con la explotación de sus trabajadores se distribuyera entre quienes menos tienen. Eso me tranquilizó.

Necesitaba compartir con alguien esta hazaña. Le escribí a mi amigo Vicente para contarle. Obvio, me amargó el triunfo con su letanía precautoria.

—¡Eres un idiota, Patricio! ¡Te vas a meter en broncas!

—Eres un aburrido. Por eso no tienes vieja, carnal. No seas aguafiestas.

—Hay mil cosas más interesantes y menos ilegales. ¡No jodas! Allá tú y tus ondas. Nada más no me digas que no te advertí. Cuando estés metido en líos, ni me busques.

Lo dejé en visto y me fui al refrigerador por una cerveza. Había aventado los dados sobre el tablero. No daría marcha atrás. Esa noche, otra vez, me fui a dormir tardísimo por lo entusiasmado que estaba. Adrenalina a montones circulaba por mi cuerpo. Macbeth me enseñó a hacer transferencias bancarias de empresas internacionales y me puse a transferir a varias personas. Total, era dinero mal habido que haría el bien a quienes lo necesitaban.

Me fui a dormir de madrugada. Feliz de estar sumergido en ese fascinante mundo. Me sentía un Robin Hood cibernético. Se abría ante mis ojos un universo de posibilidades con lo que me enseñaba Macbeth.

Desperté y encendí mi teléfono celular para checar mi mensajes. Comenzaron a llegar *screenshots* de conversaciones que había tenido hace años y que había borrado. Incluso de celulares que no usaba desde hacía mucho tiempo.

¡Me asusté! ¡No podía creer lo que mis ojos veían! Mi pulso se aceleró y la angustia me invadió. Y lo peor: ¡no sabía con quién había interactuado en esa madre! Sólo que era Macbeth Zinco. Un simple *nickname*. Desconocía su verdadera identidad.

¡Sustrajeron mi información! ¡Sabía todo sobre mí! Empecé a sudar frío, a no dar crédito a lo que ocurría.

Dio inicio la paranoia. Comenzaron a darme instrucciones sobre lo que debía hacer, todo desde diferentes números celulares y correos electrónicos, bajo la amenaza de que, si no acataba al pie de la letra sus indicaciones, sufriría graves consecuencias. Un frío intenso se apoderó de todo mi cuerpo, mis manos temblaban sobre el teclado. Los *e-mails* continuaban, los mensajes llegaban a mi teléfono móvil.

Cada hora recibía un *screenshot* de alguna conversación que había tenido en redes, acompañado de un mensaje: "nos perteneces y tendrás que hacer todo lo que te digamos". Los mensajes llegaban no sólo de diversos números telefónicos, sino de distintos países. ¡Me carcomió la angustia, la ansiedad! ¡Todo lo que se experimenta cuando sientes que te carga el payaso! Me acordé de las palabras de Vicente. No tenía cara para llamarle y contarle lo que sucedía.

Tuve que irme al trabajo. Ojeroso y angustiado, me metí a mi oficina donde hago trabajos de diseño en una agencia publicitaria. No quise entrar a mis redes sociales, ni abrir mi *e-mail* en las computadoras de la empresa. Desde mi dispositivo móvil, me percataba de que llegaban los *screenshot*s y las amenazas. Me dio vergüenza platicarle mi asunto a Mónica. Pensaría que soy un imbécil por ponerme a interactuar con quien no debí hacerlo.

Use el buscador en la computadora de la oficina para investigar si a alguien le había sucedido algo semejante. Había historias similares, pero sólo sugerían borrar toda la información, llevar a resetear los dispositivos usados. El día se me hizo eterno. Salí del trabajo y me fui a casa. Lo bueno de vivir solo es que padeces tus angustias y vergüenzas sin que nadie te cuestione. No quería que nadie supiera la estupidez que había cometido.

No pude encontrar el sitio de *hackers* donde conversé con el hindú. Borré el historial de mi computadora y quité todos los programas para navegar en la *deep web*. Aún así, cada hora recibía el mismo mensaje sobre una conversación antigua, con su correspondiente *screenshot,* cada uno firmado por MZ.

La primera orden que recibí fue crear un perfil nuevo en redes sociales y poner un anuncio que ofrecía apartamentos en Cannes. Justo un par de meses antes del festival de la publicidad, el cual aglutinaba a mucha gente y en el que todos los hoteles se abarrotaban. Debía convencer a los clientes de realizar un anticipo a una cuenta en Nueva York para reservarlos. Me enviaron un pasaporte de la Unión Europea con mi nombre y una foto mía. De hecho, era la foto de mi pasaporte mexicano anterior.

¡Era una locura! ¡Una paranoia! Cada instrucción venía acompañada de un *screenshot* de alguna conversación mía, y con amenazas.

Intenté resistirme a cometer semejante fraude, desvincularme de todo eso. Me enviaron el *screenshot* de un comprobante de pago de la cuenta de mi hermano en Francia y de conversaciones con su novia. Bajo ese chantaje, cedí. Estafé a varias víctimas que cayeron en la trampa. Cuando las denuncias se acumulaban —incluso internacionalmente—, MZ cancelaba mis redes y abría otras. Me daba los perfiles y las claves. Me convertí en una marioneta al servicio de no sé quién chingados.

Mi rendimiento en la oficina se fue a pique. Tenía angustia, falta de concentración. Imposible compartir mi pesar con mis compañeros, incluso con Mónica me daba pena. ¡Yo que tanto me burlé por su tecnofilia! A esas alturas, lo de ella era cosa de niños comparado con lo que yo vivía. Me la pasaba esclavo de los dispositivos.

Después de varias semanas de encargos fraudulentos y amenazas de parte de MZ, me llegó un mensaje. Me dijo que era momento de trasladarme a otro "corral". No entendí a qué se refería. Hasta que recibí un mensaje firmado por AL, quien me dijo que a partir de ese momento, recibiría sólo instrucciones suyas.

La primera indicación de AL fue la de *hackear* una cuenta de banco en Londres. Transferir los fondos, una suma muy elevada, a una cuenta en Irán. Mi IP sería difícil de rastrear porque era "el nuevo" del "corral". No tuve mas remedio que obedecer.

Después de hacer esa transacción multimillonaria, llegaron más comandas. Dos semanas después, recibí una advertencia. La policía cibernética seguía mis pasos. AL me sugirió, mas no me ordenó —así lo dijo—, que cambiara de domicilio en menos de 48 horas. Transfirió medio millón de pesos a mi cuenta de banco; me envío el *screenshot* del depósito. Me volvió a recalcar que para él yo era un buen elemento y le gustaba cuidar de su "rebaño".

Sin avisar a nadie, desaparecí. La única alternativa que encontré fue cambiar de identidad. Mi antiguo yo se esfumó de la faz de la tierra. Ese fue el único camino para proteger a mi familia. No cuento más, ni doy mayores detalles porque no puedo. Por el bien del lector y por protección de los míos.

Comparto esta historia para alertar a quienes quieran aventurarse en ese oscuro mundo de la *deep web*. Ahí está todo lo que tiene que ver con los cárteles y el crimen organizado. Es sencillo entrar. La única salida es la muerte, real o ficticia, como la mía.

Adictos al *screenshot*

—Hola, soy José Luis y soy adicto al *screenshot* — dije. Saqué valor de no sé dónde para hablar frente a ese público. Era mi primera sesión, a la que mi amiga Carolina me llevó a la fuerza.

—¡Hola, José Luis! —respondieron los presentes a coro.

Me sentí apabullado con su respuesta. Unas gotas delatoras de sudor escurrieron por mi frente. Me paralicé, y ahí, en primera fila, veía a Carolina que me miraba directo a los ojos. Con gestos silenciosos me azuzaba a compartir mi historia.

Yo estaba paralizado, muy nervioso. Me daba pánico hablar en público y más hacerlo frente a desconocidos. Pero ahí estaba, de pie frente a todas esas personas, en ese estrado que tenía en su parte frontal las siglas SA grabadas:

Screenshoteros Anónimos. Un grupo de autoayuda para lograr superar la adicción a la captura de pantalla, su correspondiente envío y uso descontrolado.

Tartamudo, reconocí que desde hacía dos años pasaba un promedio de 19 horas al día en el celular. Navegaba, *chateaba* y hacía *screenshots*. Admití que cuando la batería de mi celular amenazaba con morir, me invadía una angustia terrible. El mayor temor que padezco en esta manía incontrolable, se manifiesta al aparecer la notificación "poco espacio en la memoria", en mi dispositivo móvil. Le instalo memorias adicionales, compro celulares con gran capacidad ¡y se me llenan! ¡Nunca sé qué puedo borrar! ¡Siempre siento que un día, alguno de esos *screenshot*s serán requeridos para algo! Todos los *sreenshots* que guardo tienen un valor inmenso para mí, y tampoco puedo dejarlos en una memoria externa —expresé. Agarré vuelo y me desahogué.

Fabiola, que llevaba el rol de conductora o moderadora de la sesión, intervino. Me preguntó delante de todos:

—¿No has pensado subirlos a la nube?

No supe qué responder. De inmediato intervino otro de los presentes. Un tal Alfredo:

—Eso no solucionará el problema. Compañeros, debemos practicar el desapego a los *screenshot*s. Trabajar en reducir la acumulación, en lograr una etapa de abstinencia de *screenshotear*.

Murmullos se escucharon en todo el salón, donde alrededor de sesenta personas se reúnen dos veces por semana para encontrar alivio a la adicción al *screenshot*. Después de mí, subieron más integrantes del grupo al estrado para compartir su experiencia. Uno, de quien no recuerdo su nombre, dijo que el *screenshoteo* es un tipo de enfermedad, de obsesión progresiva que se apodera silenciosamente de nuestro tiempo, mente y emociones. Genera una conducta compulsiva de la que es un calvario salir. Sin darte cuenta, realizas capturas de pantalla de todo. Y lo peor, las guardas, las acumulas, y a veces, pasas horas leyéndolas.

El problema se hace mayor cuando se desboca un deseo misterioso de compartir esos *screenshots* con otras personas y se provocan situaciones incómodas, irreverentes, inmorales o riesgosas, tanto para la persona adicta como para sus contactos. La enfermedad agobia el ámbito social del enfermo, genera situaciones de conflicto, de alta peligrosidad para su paz y equilibrio emocional.

Subió una mujer cincuentona de cabello rizado y rojo. Ella se enfocó a hablar de la aceptación.

—Créanme, es un gran paso —dijo de manera solemne—. Aceptar que eres adicto al *screenshot* es el primer paso, el más importante. Si no dan el primer paso, si no aceptan con honestidad tener el problema, seguirán encadenados a esta adicción. En la admisión radica la entrada a la recuperación.

Cuando la moderadora dio por concluida la sesión, nos sentamos a convivir y charlamos de manera más informal. Nos sirvieron café y galletas. Carolina, mi amiga, la que me llevó a la fuerza, me dijo que este asunto de los *screenshots* es tan serio que ha sido motivo de diversos análisis y estudios por parte de expertos. De una investigación realizada por una universidad norteamericana, se desprendieron resultados muy interesantes, como el que afirma que el nivel de adicción está relacionado con las pulsaciones y respiraciones respecto al número de *screenshots* que se generan.

—Mira, José Luis, está ahí —me dijo Carolina. Señaló hacia un gran pizarrón de corcho colgado en la pared trasera del recinto.

Un recuadro informativo, hecho en una cartulina, sostenido con tachuelas, mostraba la información mencionada. Era una tabla que segmentaba por nivel de adicción, reuniones especiales para los miembros del grupo. Sentí curiosidad y me acerqué a analizarlo.

Screenshots al día	Nivel de adicción	Grupo de terapia	Coordinador
10 a 50	1	A. Ambulatorio	Lupita
51 a 80	2	B. Ambulatorio	Carmen
81 a 200	3	A. Internado	Dr. Ramírez
201 a 300	4	B. Internado	Dr. López
301 a 500	5	Intervención médica	Hospital

Mientras observaba el pizarrón, un hombre de bigote, a quien todos llamaban *Ciberchucky*, me puso la mano en el hombro. Me preguntó que en qué nivel me sentía identificado.

"Posiblemente en el 2", le respondí cauteloso. La realidad es que debería ser internado de inmediato. Hago *screenshot* de todo. De conversaciones con mi madre, con mi novia, de mis *chats* de grupos, de mensajes en el Messenger, de fotografías de Instagram, de transacciones bancarias, de tuits que me gustan, o de los que no me gustan, declaraciones políticas, fallecimientos de gente famosa, de recetas de cocina, de reservaciones de viajes, de imágenes indecentes o inmorales, y de cosas inofensivas. ¡De todo y de lo que sea! *Screenshotear* es la actividad a la que dedico la mayor parte de mi tiempo. Me gusta pedirlos. A muchos de mis contactos les digo, por ejemplo: "mándame *screenshot* de lo que te dijo tal persona". Admito que cuando me envían un *screenshot* siento un placer inexplicable. Así de loco estoy. Y si alguno se me pierde, me pongo histérico, paranoico. Lo negué ante el *Ciberchucky* porque me dio miedo que le sugiriera a Carolina internarme. Intentaré retomar el rumbo perdido por medio del grupo de autoayuda. "Poco a poco se va lejos", dice un letrero colocado en una de las paredes del salón.

—Tu amigo nos miente, Caro. Está en negación. Presiento que debe ser canalizado al doctor López —dijo el Ciberchucky con una sonrisa burlona.

Me puse nervioso al escucharlo, sentí las manos heladas y mi rodilla izquierda comenzó a temblar.

—Sí, Ciberchucky. Estoy convencida de ello —la frase de Carolina la escuché como una sentencia amenazante.

—¡No! ¡Se los juro que no! ¡Con las juntas en el grupo saldré adelante! —les dije alterado al sentirme descubierto.

—Es por tu bien —argumentó el *Ciberchucky*. Intercambió una mirada suspicaz con mi amiga.

Carolina estaba con su celular en la mano. Digitaba números para llamar al doctor López. Alcancé a escuchar cómo sonaba el timbre de la llamada en su teléfono. Quise escapar, pero *Ciberchucky* y otros del grupo me sujetaron. Me inmovilizaron.

—¿Hugo? ¿Cómo estás? ¿Cómo vas con el control de la pandemia? Sí, nadie te hace caso de quedarse en casa —la escuché decir.

—¿Hugo López? ¿En serio hablaba con el Dr. Hugo López-Gatell?

—¿Habla con el doctor de la pandemia? —pregunté desconcertado a quienes me sujetaban.

Ellos asintieron con una mueca irónica y comenzaron a cantar: "quédate en tu puta casa, quédate en tu puta casa".

Desperté. Sonó la alarma de mi celular. Eran las seis de la mañana, hora de alistarme para ir a trabajar. Estaba empapado en sudor, las cobijas torcidas sobre la cama, como si hubiera pateado un balón sobre ella durante toda la noche. ¿Qué jalada de pelos era esa? ¡No mamen! ¡Todo fue un sueño! Vívido, tan fidedigno que pareció real.

Agitado y atontado me senté sobre la cama. Mi rodilla izquierda seguía temblorosa. Tomé mi celular y me tomé una foto. Así tal cual, despeinado, alterado y ojeroso. Se la mandé a Carolina y le escribí el siguiente mensaje:

"No mames, mira como amanecí por culpa tuya. Soñé que me llevabas a un grupo de adictos al *screenshot* y querían internarme en una clínica dirigida por Lopez-Gatell".

Me respondió Carolina con un: "jajajaa, no mames, qué loco estás", y me envío una foto de López-Gatell con lentes oscuros. Después hice captura de pantalla de mi mensaje con mi foto y la respuesta de Caro y se la mandé a mi hermana.

¿Te identificaste? Sí, tú que lees esta historia. Estoy seguro de que sí, aunque te rías y lo niegues. Recuerda que la negación es uno de los síntomas.

¿Cuántos *screenshots* de conversaciones realizas al día? ¿Cuántos de pagos confirmados? ¿De reservas? ¿De información que quieres tener guardada? ¿Cuántos conservas para después fabricar un meme?

¡Admítelo! Recuerda que el primer paso es admitirlo.

Doble cuarentena

—¿Viste el *screenshot* que te mandé? —le preguntó Teresa a Brenda al llamarle por teléfono.

—No, ¿de qué se trata? —respondió Brenda un tanto mortificada. Su celular estaba saturado, no podía abrir mensajes en WhatsApp.

—Échale ojo y me llamas —le dijo Teresa un tanto molesta porque su amiga no había visto su *screenshot*.

Brenda, de inmediato, empezó a borrar fotografías de su teléfono para liberar memoria y poder ver los nuevos mensajes, pero no lo lograba. Decidió eliminar algunas *apps* para tener espacio suficiente y descargar el *screenshot*. La captura la hizo Roberto, el novio de Teresa, de un mensaje que recibió de su amigo Raúl, preso en la cárcel de la ciudad. En el mensaje se alertaba a los familiares de los reclusos que había varios contagiados de coronavirus y las autoridades no les prestaban atención.

En la mayoría de las cárceles del estado había una gran sobrepoblación. En las celdas diseñadas para cuatro presos dormían hasta veinte. Sí, eso es cierto, lo han verificado visitadores de la Comisión Estatal de Derechos Humanos. Han realizado varias "recomendaciones" para disminuir la saturación de espacios en los centros de reclusión.

Ese *screenshot* y otros similares se hicieron virales a nivel internacional. Se denunciaba la sobrepoblación, la escasez de agua en la cárcel, cuyo abastecimiento se suspendía tres veces por semana. La cortan para ahorrarla, pero los servicios sanitarios son deplorables. No llega el drenaje hasta las instalaciones y deben usar fosas sépticas que se saturan con las lluvias. Las aguas negras se desbordan por los mismos excusados y coladeras de los dormitorios.

Brenda recibió otro *screenshot* de la nota de prensa en la que se anunciaba la muerte de un preso de 70 años por falta de atención oportuna. El servicio médico de la cárcel atiende pocos pacientes porque le falta personal y dotación del equipo necesario. Y, en medio de la pandemia, no valoraron trasladarlo a un hospital público, por lo que falleció.

Un *screenshot* circuló con rapidez para anunciar la muerte de "Don Rafa", como lo conocían sus compañeros de prisión. Les daba clase de pintura, y los familiares denunciaron varias veces que él debería estar en libertad. Don Rafa había alcanzado a cubrir la parte de la sentencia que la ley establece para acceder a lo que llaman una preliberación, además de que tenía excelente comportamiento. Inició una campaña de sensibilización por parte de diversas asociaciones civiles, entre ellas la Fundación Voz de Libertad, para que las autoridades atendieran ese tema y la sociedad se hiciera empática con ellos. Se desataron reacciones a favor y en contra. No faltaron los mensajes que decían que "los delincuentes merecían morirse contagiados". En contraposición a esas reacciones de odio y desinformadas, varios activistas a favor de la reinserción social respondían con argumentos sólidos. Explicaban que el derecho al acceso a servicios médicos es un derecho humano, que no se pierde al caer en reclusión. Las personas internas en una cárcel no pueden ser generalizadas como delincuentes, porque no todas se encuentran sentenciadas; muchas están en proceso con un juez para determinar si son culpables o no. Si en realidad merecen o no la privación de la libertad.

Fue tal el movimiento que, Michelle Bachelet, desde la ONU, emitió un mensaje sobre la necesidad de liberar a personas presas que estuvieran en los grupos de alto riesgo, como adultos mayores, personas enfermas, mujeres embarazadas y madres con hijos en la cárcel. En México, muchas mujeres presas dan a luz dentro de la cárcel, sea porque llegaron embarazadas o porque ahí decidieron ser madres. Sus hijos permanecen con ellas hasta los cinco años, después deben irse con algún familiar directo. En caso de que no lo tengan, quedarán en resguardo del estado en un albergue infantil.

Mucha gente se preocupó por el inminente riesgo de contagio en las cárceles debido a la fácil propagación del virus. Las autoridades reaccionaron y establecieron medidas de control más estrictas. Redujeron el número de personas en la visita familiar y preliberaron a las personas vulnerables. Eso no quiso decir que no siguieran con su juicio o con el cumplimiento de su sentencia. Lo harían desde su casa.

En esos días se aprobó la Ley de Amnistía en el Senado. Esta facilita la liberación de grupos vulnerables y de personas privadas de la libertad por delitos que no eran considerados graves o de alto impacto.

Aunque la tendencia no sólo nacional, sino internacional, era la de las preliberaciones, en la cárcel de nuestro estado no lo hacían. Los contagios comenzaron incluso entre el personal de seguridad y custodios. Se provocó la alerta de los familiares y amigos de las más de cinco mil personas privadas de la libertad (como se les llama oficialmente a los presos o internos) en la cárcel estatal. Decidieron aceptar la propuesta de Brenda, de manifestarse en una comitiva afuera del penal y hacer una transmisión en vivo por redes sociales para visibilizar el problema.

Se corrió la voz. Ese día se conectaron a la transmisión de video más de veinte mil personas, que son las que normalmente acuden a la visita familiar de los domingos. En el *kardex*, los presos pueden anotar hasta cinco personas para que los visiten. Acudieron algunos representantes de la prensa. Brenda tenía un compadre periodista que le dio números telefónicos y WhatsApp de los que cubren la fuente del sistema penitenciario. Para muchos, la nota era importante.

Los familiares decidieron acatar la recomendación general de quedarse en casa. En caso de necesitar salir, conservar el distanciamiento social. En ese momento, se había declarado la fase II de la contingencia.

Brenda dio entrevistas a los medios. Se hicieron virales y sólo de ese modo accedió el director de la cárcel a dar información real de la situación. A destinar recursos económicos —que sí tienen— para enfrentar la situación de emergencia. Los jueces aceleraron los procesos de revisión de casos para otorgar liberaciones.

¿Por qué es necesario llegar a este punto para que las autoridades hagan lo que les corresponde hacer? Lo que, por ley, es su trabajo. Los presos merecen el respeto a sus derechos humanos y a su dignidad. No son personas de menor categoría, sean culpables o inocentes, ese es un tema que corresponde determinar a los jueces. Como todos sabemos, en la cárcel hay muchos inocentes. "Lamentablemente, se castiga la pobreza, no el delito", declaraba enfático a la prensa Iván, un joven activista a quien Brenda le pidió apoyo. Como en muchas otras ocasiones, recurrió a él para darle voz a quienes no las tienen.

Llevábamos dos meses en cuarentena. Los que podíamos, nos quedábamos en casa. Mucha gente compartía memes, *screenshots* quejándose de que se sentían presos, sin pensar que, de ninguna manera, se compara un confinamiento en el que estás en tu hogar, a estar metido en la cárcel. El mundo no se imaginaba que faltaba mucho tiempo más bajo estas circunstacias.

Estoy viviendo una doble cuarentena.
Una inició hace 8 años cuando caí preso.
Viviendo en la cárcel no se puede hacer una vida normal.
Extraño mi vida !
La otra cuarentena inició ayer, cuando nos confinaron a un dormitorio, sin poder salir siquiera a las áreas comunes.

No entiendo a la gente que se queja y siente que en su casa está encarcelada.

No tienen ni idea de lo que es vivir la pandemia en la cárcel.

Aquí no hay medidas sanitarias ni mucho menos, sana distancia...

Despues de recibir ese mensaje de su primo Raúl, Brenda, con el apoyo de Iván, inició una campaña para intentar que la gente valore lo que tiene. Lo que significa la libertad que, en nuestra vida cotidiana, no valoramos.

Experimentamos el dolor de no poder abrazar a nuestros seres queridos. Menos a nuestros padres y abuelos, por ser población en riesgo. Estamos impedidos de acompañar a nuestros familiares y amigos que han tenido una pérdida irremediable por el fallecimiento de alguien cercano, sea por contagio de COVID o por alguna otra causa. La sana distancia impide la realización de velorios y, en muchos casos, la familia no puede despedirse de su difunto antes de ser incinerado.

En la cárcel existen esos impedimentos desde antes de la pandemia. Valoremos nuestra libertad. Ojalá que sus *screenshots* se hagan virales. Cumplan su objetivo.

Esta historia de Brenda sucedió a finales de mayo de 2020. Entramos al 2021 y aún no hay certeza de cuándo regresaremos a las actividades normales. La esperanza de la vacuna es un hecho. Pienso que la normalidad de antes ya no existirá. Aprendimos muchas cosas con la acumulación del tiempo bajo las nuevas circunstacias. A valorar la bendición de una casa donde resguardarnos, a ayudar a quienes no la tienen, y no juzgar a quienes tienen que salir a ganarse el sustento cada día.

La unión hace la fuerza, el ejemplo de solidaridad de Brenda e Iván es la clave para salir adelante en esta contingencia. Un virus que no distingue raza, edad, sexo, religión, nacionalidad ni clase social, vino a sacar lo bueno y lo malo de nuestros corazones. No hay que perder la fe. La esperanza es terca, no nos abandona. Ojalá sea más lo bueno de nuestros espíritus lo que flote sobre nuestra humanidad, cuando todo esto haya pasado.

#LordAmeNazi

♡ ◯ ◁

Carlos
en línea

Por favor Carlos ya no le mandes mensajes a Francisco amenazándolo!! Ya cálmate!!! 7:18 PM ✓✓

Pues entonces regresa conmigo Cristina !!! ¡¡¡ Yo te amo 🖤 !!! 7:18 PM

Eso No va a ocurrir!! Ya lo hablamos!! 7:18 PM ✓✓

Entonces le partiré la madre a ese pendejo ! 😈😈😈😈😈 7:19 PM

A él no lo metas en esto!! 7:19 PM ✓✓

Deja de defenderlo o te carga la chingada !!!!! 7:20 PM

Contéstame !!!!!!!! 7:21 PM

😊 Escribe un mensaje 📎 📷 🎤

—Si no te alejas de él, lo mató —me escribió Carlos en un mensaje durante la madrugada del sábado. Pensé, "anda borracho". No le di importancia al asunto.

Sin embargo, el lunes siguiente, cuando salía del colegio y me despedía de Francisco, Carlos llegó como loco. Sin aviso, comenzó a golpearlo brutalmente. Enloquecido, sin importarle mis gritos ni mis súplicas para que detuviera su ataque. Mis compañeros llamaron al guardia de la escuela. El personal de la dirección llamó a una patrulla. Carlos logró irse antes de que llegara la policía. Lo único que me susurró al oído al partir, fue un: "te lo advertí".

El oficial me pidió que declarara en su contra, pero yo no estaba segura de hacerlo. Sentí que me metería en un problema innecesario. Francisco quiso ir a declarar. Mientras íbamos en la patrulla hacia la agencia de investigación de la Alcaldía, me enseñó un mensaje de texto de Carlos: "eres hombre muerto". Ese texto, no fue el único. Durante el trayecto al Ministerio Público, le mandó mensajes similares. "Te voy a matar." "Tienes las horas contadas." "Te va a cargar la chingada." Uno tras otro. ¿De dónde sacó el número del teléfono celular de Francisco? No lo sé. Los celos se apoderaron de su razón y no dejaba de amenazarlo.

Levantamos la denuncia. Le enseñamos a las autoridades los *screenshots*. Tomaron la declaración de Francisco. Me armé de valor y describí los hechos. Nunca olvidaré que los presentes se mofaron de los *screenshots* que mostramos. No los tomaron en serio, los vieron como algo que no valía como evidencia. Nos dijeron que iban a hacer proceder el oficio y habían tomado nota de todo. El asunto seguiría el curso correspondiente. Nunca supimos si a Carlos le llegó un citatorio o no; no hubo tiempo para saberlo.

A los diecisiete años, crees que el amor es hermoso. Escuchas canciones y llenas de *stickers* y *emojis* de corazones los mensajes que compartes con quien crees que te ama. Yo creí que Carlos me amaba. Lo conocí por Facebook. Los dos vivíamos en Puebla. Nos separaban veinticuatro calles y cuatro años de edad. Él había abandonado la universidad, dejó inconclusa la carrera de Ingeniería Civil. Se puso a trabajar en el negocio de su padre, que vendía implementos agrícolas. Después de un par de semanas de chatear por Messenger, nos citamos en una cafetería del centro y nos conocimos en persona. El encuentro fue mejor que el *chat*. Recuerdo que se portó atento y caballeroso. Me regaló una rosa blanca en esa primera cita.

A las cuatro semanas de salir, me pidió ser su novia. Pasaba por mí a la preparatoria. Por las tardes, después de su trabajo, me visitaba en mi casa. Mi madre fue la única que vio los semáforos encendidos en amarillo.

—No me gusta mucho ese muchacho, Cristina. Se me hace medio posesivo —me dijo una noche durante la cena.

—¡Ay, mamá! ¿Por qué dices eso? —le pregunté sorprendida ante su comentario.

—Pues no sé. Me da mala espina. La otra tarde que vino a buscarte tu compañero Francisco, el que te pidió prestado un libro, pude observar de reojo a Carlos, enojado. Le echó ojos de pistola.

—Ocurrencias tuyas, mamá. Si le dieron celos de Francisco es que en verdad le importo —dije. Ahora que lo recuerdo, encuentro súper idiota mi comentario.

Hay tantas ideas sin digerir, preconcebidas, sobre el amor, como el pensar que quien te ama te cela. Eso no es cierto. Quien te ama te respeta, confía. A veces, uno aprende a pensar con más cordura sólo con lecciones dolorosas.

Mi madre tuvo razón. A medida que pasaba el tiempo, Carlos manifestó conductas más asfixiantes. Criticaba mi manera de vestir, me alejó de mis amigas. Nuestro noviazgo se convirtió en una relación absorbente de su parte. Ya no me sentía cómoda. Vigilaba cuando estaba en línea en redes sociales o en el WhatsApp. Me cuestionaba de inmediato con quién estaba mensajeándome.

—Sólo veo mis redes, leo noticias.

—¡A mí no me vas a ver la cara de pendejo, Cristina! —gritaba. Me di cuenta de que no confiaba en mí. Comenzó a aminorar el amor y el encanto.

Decidí dejarlo. Comenzó a saturarme con mensajes. Al principio sólo me decía: "No me dejes, te necesito, te extraño, dame otra oportunidad, somos el uno para el otro, eres el amor de mi vida". Al ver mi indiferencia, que yo me mantenía firme en mi decisión de no regresar a su lado, comenzó a ser más agresivo. "Te vas a acordar de mí. Si no eres mía, no serás de nadie. Te vas a arrepentir", me escribía. Opté por bloquearlo, eso lo puso loco. Hizo algo que nunca imaginé que sería capaz de hacer: tomó *screenshot* de algunas de nuestras conversaciones de cuando éramos novios y los publicó en sus redes sociales. Su Instagram y Facebook se llenaron con nuestras conversaciones privadas. Fui la burla de nuestros contactos. Tuve que desbloquearlo, llamarle para pedirle que borrara todo. Me sentí humillada, ultrajada, herida. A Carlos no le importó. Él se sintió el agredido. No hablé con nadie de mi casa sobre el tema. Sentí vergüenza. Decidí llevar la fiesta en paz con mi exnovio. Comencé a responder sus mensajes de vez en cuando, con la esperanza de que el tiempo ayudara y se le pasara el berrinche, que un día se olvidara de mí o encontrara una nueva conquista en redes, y con suerte yo pasara a la historia. Algo así pasó. Se espaciaron los mensajes. Aparecían, sobre todo, cuando tomaba. El alcohol lo azuzaba y volvía a buscarme.

Francisco, mi compañero de escuela que iba en otro grupo, comenzó a pretenderme. Le conté de Carlos y sus celos, me dijo que no le hiciera caso. Ninguno de los dos sospechamos que fuera a llegar tan lejos. Nosotros, mis padres y los de la Agencia de Investigación, ninguno imaginó lo que haría, a pesar de haber visto los *screenshots* de los mensajes que Carlos le envió a Francisco. Nadie lo imaginó.

Los terremotos no avisan, sólo acontecen. Así sucedió todo, como un sismo, nos sacudió implacable. Los días posteriores a la riña en el colegio, los mensajes de Carlos continuaron. Todos semejantes: "te voy a matar, eres un insecto al que aplastaré, tus días están contados". Insultos, groserías, amenazas. Francisco los recibía en su celular, le tomaba *screenshot* a cada uno y me los enviaba por WhatsApp. Le escribí a Carlos para pedirle que dejara de molestarlo. Lo único que obtuve por respuesta, fue: "deja de defenderlo o te carga la chingada". Insistió en que regresara con él. Me dijo que me amaba. Le repetí que eso no ocurriría y que por favor no metiera a Francisco en esto. No entendió. Lo dejé en visto, no seguí la conversación.

Le tomé *screenshot* y se lo envié a Francisco, quien me sugirió no volver a escribirle. Durante esos días estaba angustiada, con un nudo en el estómago, con una inquietud perturbadora que no me permitía concentrarme en mis tareas. Con el único que encontraba un poco de paz era con Francisco. Era con quien hablaba acerca del molesto asunto. No quería preocupar a mis padres ni confiarlo a nadie más.

Seis días después de la riña entre Carlos y Francisco, las amenazas se cumplieron. Carlos sorprendió a Francisco al salir de su casa. Lo atacó con una navaja. Drogado, alcoholizado, enloquecido, ejecutó lo que tanto había advertido. Por fortuna, el hermano mayor de Francisco salió a tiempo y logró auxiliarlo. Un vecino llamó a la policía mientras dos muchachos que pasaban por el lugar le metían el pie a Carlos. Lo hicieron caer y lo amagaron para impedir su huída. A mí me avisaron los padres de Francisco desde el hospital. La suerte estuvo del lado de mi querido Francisco, quien tuvo dos heridas que no comprometían su vida. El pronóstico médico fue tranquilizador. ¡Lloré tanto ese día! ¿Cómo fui tan tonta y no vi el tipo de persona con el que me involucré? ¡Me sentí tan culpable!

Francisco se recuperaba en el hospital cuando le tomaron su declaración. Su hermano, los testigos y yo fuimos a hacer lo mismo. Los del Ministerio Público recordaron el incidente pasado, el antecedente de las amenazas. Revisaron todos los *screenshots* que había guardado. Los que Carlos le envió a Francisco, los de mis conversaciones con Carlos. Tenían esas capturas de pantalla y ahora a un joven apuñalado, y a otro, detenido. Más claro no podía ser el caso.

Le pedí perdón a Francisco, le dije que me sentía culpable de lo que le había pasado. Su corazón tan noble me lo concedió. Me dijo que no dejara pasar en vano nuestra experiencia. Es en ese momento que decido hacer lo que hice. Con el pincel de herramientas de mi celular, tapé los nombres de las personas que estábamos involucradas en las conversaciones en cada *screenshot* que tenía. No se verían nuestros nombres para proteger nuestras identidades, pero se verían íntegros los mensajes. Los subí a redes sociales. Mi *post* estuvo acompañado de esta descripción:

Si recibes mensajes como estos, préstame toda tu atención. Los celos no son amor, las amenazas no son amor, cualquier tipo de agresión por estos medios se puede convertir en agresión real. Quien te insulta no te ama. Quien te ofende no te ama. Quien no te respeta no te ama. Si revisas tus mensajes y alguien te escribe de este modo, no merece estar en tu vida. Aléjate, pide apoyo a las personas que sí te aman. Que te sirva mi experiencia para que a ti no te pase. ¿Sabes cuál fue mi error? Pensar que a mí no me iba a pasar. Confiar en quien no debía. No escuchar la voz de mi intuición, ni la de las personas que me aman.

Y agregué los *screenshots*.

Para mi sorpresa, mi *post* se hizo viral. A Carlos lo bautizaron en las redes como #LordAmeNazi. Como no sabían el nombre de quien me amedrentó, así lo llamaron, con ese *hashtag*. Muchas chicas y chicos me escribieron contándome que les había sucedido algo similar, que pasaban por algo parecido. También me escribían adultos. Miles de personas compartieron mi publicación. Otras tantas tomaron *screenshot* y lo enviaron por mensajería privada. Cuando visitaba a Francisco, le leía los mensajes. Su recuperación fue lenta, pero segura. Paso a paso, regresamos a la normalidad. Pero éramos distintos. La tragedia había transformado pedacitos de nuestra alma y nos había unido más.

Carlos esperaba sentencia. Salió con fianza y le dieron una orden de restricción. No se nos podía acercar. De corazón, espero que haya aprendido algo valioso de esta tragedia. Lo último que Francisco y yo supimos de él fue que sus padres lo enviaron a Centroamérica con un familiar.

Francisco me pidió ser su novia. Me respeta, me protege, me alienta en lo que hago. Jamás me manda mensajes ofensivos. Su respeto no lo tengo que pedir, me lo otorga con cariño. Sus mensajes son tan hermosos que les he tomado *screenshot* para guardarlos en un archivo, por si al resetear mis redes o cambiar de dispositivo se llegan a borrar. Quiero leerlos toda la vida y recordar que, quien te ama y te respeta lo demuestra. Para no olvidar que quien amenaza no ama. Y que quien no te ama no merece estar en tu vida.

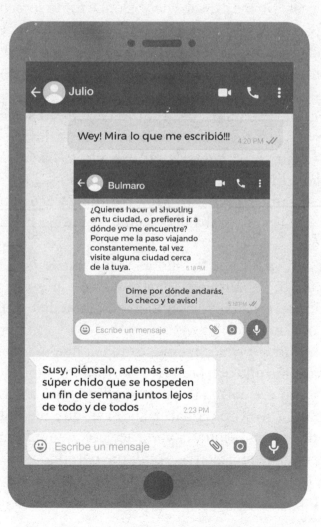

Creí en Bulmaro. Para mí, el conocerlo en Instagram fue una historia maravillosa. Algo de lo más bonito que me había pasado en la vida. Nos flechamos mutuamente. Cuando respondió a mi mensaje privado, me sentí la mujer más afortunada entre todas las Instagrammers del planeta.

Bulmaro tiene más de cien mil seguidores, es un fotógrafo profesional y su *feed* es llamativo, artístico; hermoso, como él. Todo lo que publicaba me encantaba. Leí ese "hola, preciosa, a tus órdenes", que me escribió en privado, como cien veces. No me cansaba de verlo. Le tomé *screenshot* y lo guardé. Lo veía cada vez que podía para recordar el instante en que el contacto directo con Bulmaro tuvo origen. Seguramente muchas chicas lo asedian y a mí me ha respondido, pensé.

Después de meses de seguirlo en esa red social, de babear por sus fotografías, y de *stalkearlo* varias veces al día, se me ocurrió preguntarle en privado si hacía *shootings*, sesiones privadas, y cuáles eran sus tarifas. Me respondió y comenzamos a platicar. Me dijo que no acostumbraba a hacer ese tipo de trabajo, pero que conmigo haría una excepción.

¡Y ahí va Susana de idiota! Sí, no puedo ponerme otro calificativo. De tan emocionada que me puse, perdí piso. Hice un *screenshot* y lo publiqué de inmediato, etiquetándolo, obviamente.

Ese fue el primer momento tenso que vivimos juntos. Bulmaro me dijo que por favor borrara mi publicación, que ese asunto era entre él y yo. Le pedí perdón al instante, le dije que no volvería a hacer algo así, que me había emocionado con su respuesta y me aceleré, que fui impulsiva y no creí que le molestaría. Total, me perdonó y me dijo que me cobraría treinta mil pesos por un estudio completo de fotografías. El precio incluía más de ciento cincuenta tiros y diez retoques de las que yo seleccionara como mis favoritas. ¡Ah, pero necesitaba pago por adelantado!

Me explicó que no le habían depositado el pago de un trabajo que hizo para una revista de modas, y que la sesión que yo le solicitaba le caía muy bien en ese momento.

No lo medité ni dos minutos. Revisé el saldo en la aplicación de mi banco para saber cuánto tenía disponible en mi cuenta. Vi que mis ahorros seguían intactos y le dije que sí. "Pásame tus datos bancarios para que te haga una transferencia", le escribí emocionada. Hice el depósito y le mandé el *screenshot* del comprobante.

Bulmaro leyó mi mensaje, vio el *screenshot* pero no me contestó nada. Lo dejó en visto. Dos horas después —durante las cuales me quité con los dientes el barniz de mis diez uñas de las manos—, me escribió que tenía el dinero. Me propuso una fecha para la sesión de fotografías. Respiré tranquila. *¡Ay, Susana! Pero, ¿cómo se te ocurre pensar mal de Bulmaro? ¡Es un influencer! ¡Todo mundo lo sigue, tiene una reputación, una imagen!,* me dije a mí misma.

Dos días después de que le había hecho llegar el dinero, me escribió:

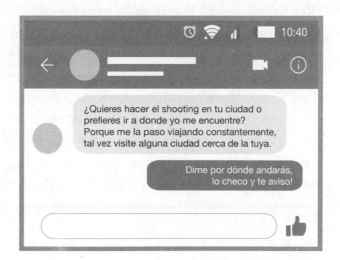

Le respondí su mensaje, tomé *screenshot* a esa parte de mi conversación con Bulmaro y se lo mandé a mi amigo Julio. Es mi mejor cuate, estudia diseño de modas. Quería que me aconsejara. Julio me dijo que estaría más *cool* que lo realizáramos en alguna ciudad distinta. El muy pícaro me dijo: "Susy, piénsalo, además será súper chido que se hospeden un fin de semana juntos lejos de todo y de todos". Y adjuntó *emojis* de tres changuitos a su mensaje. La observación de mi amigo me calentó las neuronas. Me emocioné más de lo que estaba, me pareció una idea genial.

Susana Palomino estaba a punto de vivir una experiencia de ensueño. Un viaje de fin de semana a un destino incógnito, remoto, para tomarse una sesión privada de fotografías nada más ni nada menos que ante el lente del reconocido *influencer* y fotógrafo Bulmaro Sak.

Cuando le dije que prefería trasladarme a donde él estuviera, me escribió:

> Entonces será
> en Nueva York

WTF! ¿Nueva York? ¡Yo vivo en Monterrey! Observé el mensaje por unos minutos. Tiempo suficiente para pensar: Susana, es Bulmaro Sak, ¿qué esperabas?, ¿que te citara en Xochimilco? Esto no le sucede a cualquiera. *¡Shooting* profesional en Nueva York con Bulmaro Sak!

Agarré aire, recordé que mis ahorros estaban conformados con lo que había ganado durante los dos últimos años dando clases privadas de inglés a adolescentes, más lo que me pagaron de indemnización al dejar mi trabajo anterior. Era todo mi capital, justo me alcanzaba para la hazaña. Le escribí: OK.

Para darme valor, me repetía una y otra vez: Susana, vas a tener tu primer estudio de fotografías profesionales realizado por un famoso *influencer* y ¡en Nueva York!, la ciudad que nunca duerme. ¡Emociónate!

Al día siguiente, me mandó un mensaje privado por Instagram, donde me decía que él se encargaría de todo. De las reservaciones de vuelos, del pago previo del hotel. Me solicitó transferirle dinero para las habitaciones. "Para no arriesgarnos a que ese fin de semana que elegimos esté lleno y no encontremos algo disponible", me dijo. También me comentó que necesitaba un poco más de dinero para adelantarle el sueldo a su asistente (el que le carga las cámaras, tripiés, lámparas, y lo apoya en iluminación).

Todo estaba listo. El viaje quedó programado. Dos semanas después nos encontraríamos en Nueva York. Bulmaro me comentó que sólo ese fin de semana tenía disponible porque después viajaría a París a tomar fotografías con un grupo de modelos profesionales para una marca muy reconocida de ropa femenina.

Bulmaro me parecía varonil, atractivo, sensual. Guapo a montones. Yo estaba feliz de tener esa comunicación con un *influencer* como él, al que admiraba tanto. Si supieran las miles de seguidoras que platica conmigo en privado, que pasaremos todo un fin de semana juntos y será sólo mío. Estará mirándome todo el tiempo a través del lente de su cámara. Él, yo, Nueva York, pensaba, y me ponía a soñar en todo lo que podría pasar cuando llegara el día del *shooting*.

Sé que puedo parecer muy aventada, muy lanzada. Pero, desde niña, he sentido inseguridad, he padecido el rechazo de algunos chicos. Tengo un lado tímido que a veces me mete el pie. El atreverme a vivir esa experiencia de comunicación y aventura con un *influencer* con tantos seguidores me levantaba la autoestima. Me sentí valiente.

Le pedí ayuda a mi amigo Julio para elegir el *outfit*. Nos fuimos una tarde a visitar boutiques. Compramos cosas padrísimas, sombreros, bufandas, lentes y todo tipo de accesorios que complementaran las vestimentas que seleccioné. Tomé *selfies* en el vestidor de las tiendas, de cuerpo entero. Se las mandé en mensaje privado a Bulmaro, para que me diera su opinión.

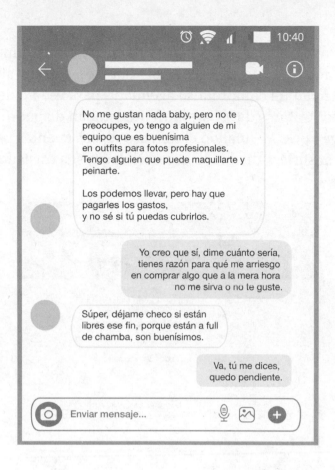

No me gustan nada baby, pero no te preocupes, yo tengo a alguien de mi equipo que es buenísima en outfits para fotos profesionales. Tengo alguien que puede maquillarte y peinarte.

Los podemos llevar, pero hay que pagarles los gastos, y no sé si tú puedas cubrirlos.

Yo creo que sí, dime cuánto sería, tienes razón para qué me arriesgo en comprar algo que a la mera hora no me sirva o no te guste.

Súper, déjame checo si están libres ese fin, porque están a full de chamba, son buenísimos.

Va, tú me dices, quedo pendiente.

¿Por qué demonios le dije que sí? ¿Me sentía la hija de Slim o qué chingados? El pinche ego me empujó. Me veía en Nueva York comprando ropa, con maquillista y peinador al lado, como toda una *popstar* alistándome para mi súper sesión de fotos.

Debo admitir que el corazón se me aceleró al leer que me escribió "*baby*". Estuve a punto de agregarle un "*baby*" a mi respuesta, pero me dio pena. Julio me dijo que fui una tonta, que debí hacerlo. Que lo hiciera en la próxima oportunidad, para que mi relación con Bulmaro se hiciera más cercana.

Dos horas más tarde, mi *influencer* favorito me envió otro mensaje. Me dijo que había hablado con sus amigos y que tenían un compromiso agendado para ese fin de semana. Por tratarse de él, aceptarían y estaban dispuestos a ir a Nueva York. Me mandó el número de sus cuentas para que les transfiriera directo lo necesario para sus traslados.

Me atreví a responderle con un "baby" y hasta mayúsculas le eché al texto. Me dejó en visto. Hice la transferencia para los gastos de los otros. Le mandé el *screenshot* para confirmarle el depósito, pero esta vez ni siquiera vio el mensaje.

Le mandé a Julio el *screenshot* de esta última conversación. Le dije que estaba nerviosa. Que sentía algo raro en la panza. Me dijo que no entrara en paranoia, que Bulmaro Sak era un fotógrafo súper ocupado y que seguro se le pasó responderme entre los cientos de mensajes que recibe y las miles de cosas que lo deberían mantener ocupado. Que conservara la calma y no perdiera el entusiasmo. No perdía el entusiasmo. Lo que perdía eran los fondos de mi cuenta bancaria.

No hubo viaje a Nueva York. Ni sesión de fotografías, ni fin de semana juntos. Mucho menos maquillista y peinador. Bulmaro Saks me bloqueó de su Instagram. Amanecí, una semana antes de la fecha convenida, sin poder ver su famoso perfil. Lo intenté localizar en otras redes sociales, y cero, me había bloqueado de todas. El último mensaje privado que recibí del *influencer*, y que tengo guardado en un *screenshot* decía:

Después de eso, bloqueo absoluto. Y no pude hacer nada. Julio era el único que estaba al corriente de mi estúpida hazaña. A través de su cuenta de Instagram, intenté comunicarme con Bulmaro. A Julio no lo tenía bloqueado. Todavía, porque cuando le pregunté por el perfil de mi amigo qué era lo que sucedía, respondió:

Desesperada, le dije a Julio que haría *screenshot* de todas las conversaciones con Bulmaro y las publicaría en mi cuenta de Instagram, en Facebook, y las enviaría por WhatsApp, para que todo mundo se enterara de su fechoría. De la poca madre que tuvo al cometer semejante fraude.

¡Lo hice! ¡Y quedé como una tonta!

Bulmaro se percató de lo que sucedía en mi cuenta de Instagram, porque no faltó el seguidor en común que le fue con el chisme. En lugar de darme la cara y asumir su tranza, dijo que "una loca había fabricado falsos *screenshots*, subiéndolos a redes para difamarlo, porque no quiso tener contacto íntimo con ella". ¡Sí! ¡El Bulmaro *influencer* sexy, se convirtió en un naco, macho y mentiroso difamador! Difamó a una mujer cuyo único error que cometió fue creer en él. En su prestigio, en su imagen. En esa falsa imagen construida en redes, que tenía cautivadas a cientos de miles de personas.

No tenía idea de que existieran aplicaciones como Yazzi Simulator o WhatsFake, que permiten la elaboración de *screenshots* y otro tipo de duplicados falsos de publicaciones o mensajes a través de redes sociales. El peludo del Bulmaro escribía en sus estados que "la loca había fabricado capturas de pantalla para difamarlo por despecho".

Y todos le creyeron.

¿Quién era yo ante ese titán de las redes sociales? Una simple mujer ingenua, para no decir pendeja. Con 104 seguidores, de los que catorce eran mis parientes. Con un *feed* alimentado con fotos de mis cumpleaños, de mi perro, mis vacaciones en Cancún. Fotografías de un plato de cabrito, que no podían competir con las imágenes de ese Bulmaro musculoso, con sonrisa perfecta, que aparecía lo mismo sentado en la cima de una montaña en España que en un restaurante a la orilla del Caribe, con langostas y manjares sobre vajillas elegantes.

A mi impotencia y frustración, a mi tristeza y coraje, súmenle todos los insultos que los seguidores y seguidoras de Bulmaro me lanzaron. Tuve que cerrar mi Instagram. Julio no lograba consolarme con nada. Lloré toda esa tarde. Toda la noche, al otro día y las siguientes semanas. Cada vez que me acordaba, volvía a llorar.

Un primo se enteró de todo porque era seguidor del *influencer* demoniaco (ahora así llamaba al tal Bulmaro Sak) y fue con el chisme a mis padres. Tuve que decirles que fue un mal entendido, que *hackearon* mi cuenta. Sólo con Julio expresaba mi desconsuelo. Mi amigo llegó a decirme que tomara acciones legales, que acudiera a la policía cibernética y lo delatara. Pero no tuve el valor. Además, no sé cuánto costaría eso y me quedaba muy poco dinero. La verdad, no me quise someter a más tortura. Exhibirme más de lo que lo había hecho. Me expuse, me arriesgué, me la jugué y perdí, por ilusa, por creer que todo lo que se ve en redes sociales es real; por andar de fantasiosa; por pensar que una persona popular es una persona valiosa.

Sentí lo que sintió Galileo Galilei al declarar: "y sin embargo se mueve", cuando tuvo que admitir que la Tierra no giraba. Bulmaro Sak, con su influencia en redes, hizo creer a todos que la mentirosa era yo. ¡El embustero era él!

Lo peor es que ahí sigue. Apantalla pendejos que caen como yo caí en las garras de sus fotografías maravillosas que fabrican un personaje digital. Pero el Bulmaro Sak (que quién sabe cuál sea su verdadero nombre), no es más que un cabrón aprovechado de la nueva manera de comunicarnos en el planeta. En este mundo virtual podemos ser lo que no somos, crearnos personalidades múltiples y hasta monetizar de manera legal o ilegal semejante escenario.

Me quedé sin mis ahorros. Sólo con mis *screenshots* que me recuerdan lo pendeja que fui. Cada uno de ellos es un capítulo de la lección que tuve que aprender de manera tan ruda.

Me he convertido en una "mirona" de redes sociales. De esas que sólo dan *like*, ven, no comentan, observan el carrete de imágenes, videos, comentarios y reacciones de la gente, sin intervenir. Como una observadora silenciosa, de esas a las que les llega un mensaje privado y lo borran sin leer. Posteo fotografías de mis mascotas y de mis zapatos. Ni *selfies* subo. Que *ellos* sepan lo menos de mí. Eso me da paz, es lo mejor. A final de cuentas somos todos unos desconocidos. Lo que vemos publicado en redes puede ser completamente distinto a lo que somos en la realidad.

La policía me da miedo

—El juez no quiere admitir el *screenshot* como prueba para acreditar el acoso sexual —me comentó Gilberto Moreno, el abogado que lleva el caso de la denuncia que interpuse contra el director del agrupamiento de policía del estado.

—¿Qué quiere? ¿Esperar a que ese infeliz abuse de su poder y cumpla sus amenazas? —pregunté alterada.

La impotencia me invadía. Vivir en una realidad machista, en la que se ejerce todo tipo de violencia contra las mujeres, me provocaba fuego en las entrañas.

Desde niña, mi ilusión era ser mujer policía. Mis anhelos de justicia, mis deseos de ser una especie de defensora del orden y la armonía entre los ciudadanos, se alimentó a lo largo de los años con mi gusto por leer cómics de superhéroes. Me imaginaba uniformada, atenta al grito de ayuda de un niño, de una anciana, de cualquier persona. Me hacía feliz pensar en sus miradas llenas de esperanza al verme. Vivía mis fantasías de chiquilla. Cuando crecí, hice todo lo necesario para entrar a un grupo policiaco.

Fui muy feliz al formar parte del batallón femenil de mi ciudad. Siempre me ha gustado servir a otros. Me casé chica, a los dieciocho recién cumplidos. Neto, mi marido, siempre me ha apoyado en todo. Él nunca ha sido posesivo, confía en mí, somos un gran equipo. Aunque nos casamos porque salí embarazada, en verdad estamos enamorados. Nuestra bebé, Vivianita, vino a ponerle la cereza al pastel de nuestro matrimonio.

Neto y yo estábamos muy contentos porque me admitieron en el batallón. Él se enfocaba en hacer crecer el negocio de venta de materiales eléctricos que puso. Yo le entraba con todo a mis entrenamientos de preparación, pero nunca falta un pelo en la sopa. Tranquila y feliz que estaba cuando un nuevo comandante llegó a dirigir los agrupamientos del cuerpo policiaco.

Bigotudo, mal encarado, con la ceja gruesa y los labios grandes, trompudo pues. A muchos les cayó bien. Filiberto Méndez, el nuevo comandante, era dicharachero y, como muchos decían, entrón. Aparentaba ser muy seguro de sí mismo, dominar todo respecto a su chamba. Oriundo del sureste del país, primero se comportó muy recto, enfocado a lo suyo. Me di cuenta de que era coqueto. Empecé a ver cómo observaba a algunas compañeras de mi batallón, y no me gustó cómo lo hacía. Lo peor, me eligió a mí para sus marranadas. Al principio fue sutil, después, al ver que lo ignoraba, empezó a ser más directo, incluso agresivo.

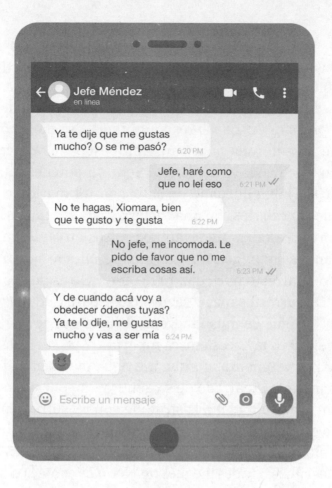

Lo dejaba en visto y se enojaba mucho. Comenzó a obsesionarse conmigo. No le importaba su esposa ni mi marido. Al recordarle que los dos estábamos casados, me decía:

—¿Y, eso qué? No te pido que te cases conmigo. Sólo quiero llevarte a ver las estrellas, mamacita.

Hasta enflaqué. El hambre se me fue del coraje. No quería decirle a Neto, porque se iba a enfurecer, no me dejaría ir a trabajar. Mi esperanza era que el comandante se aplacara o que lo transfirieran a otro cuerpo policiaco. Rezaba a diario para que una de las dos cosas sucediera. Pero no, el bigotón seguía molestándome. Se ponía borracho, me enviaba mensajes por WhatsApp a altas horas de la noche, en la madrugada. Mensajes al principio obscenos, en los que me pedía tener sexo con él. Lo rechazaba y me escribía frases amenazadoras. Algunas de esas amenazas, se cumplieron.

La primera vez que le respondí fuerte, se molestó tanto que me inventó una falta para amonestarme. Me castigaron con un arresto de 24 horas. Sentí impotencia ante esa injusticia. Había quedado de salir con mi marido e hija y tuve que cancelarles con una excusa. Cada vez que lo rechazaba, me arrestaba. Me levantaba falsos en el desempeño, se ensañaba conmigo. Al pasar junto a mí, me susurraba al oído: "o te arresto o te cojo, tú decide". Otras de sus frases eran: "Dos arrestos más y seguro caes, para que veas quien manda". "Sigue de mustia y verás." "Bien que te ha de gustar coger, pero te haces mosca muerta." Y yo silenciosa, por miedo, por vergüenza, porque me daba más pena a mí que al comandante. Agarrado de su género y su puesto, me acosaba sin remordimiento. Disfrutaba con mi sufrimiento, sin tocarse el corazón para arrestarme y humillarme.

La situación fue insostenible. Una noche estallé en llanto. Entre lágrimas, me desahogué con Neto. Le conté la situación con santo y seña. Tenía guardadas todas las conversaciones con el comandante. Nunca borré nada. Tomaba *screenshots*, por si se me reseteaba el teléfono celular. Para tener evidencias de todo lo que me decía. Los guardé en un archivo, por si acaso. Mi marido se enojó muchísimo, me regañó por haberle dado mi número de teléfono al comandante.

—¡Ay, Neto! ¡Pero si él es director! ¡Tiene acceso a mi expediente completo! ¡De ahí sacó mi número! ¡Se aprovecha de su cargo para hacer sus cochinadas!

—Tienes razón Xiomara, no había pensado en eso. El muy cabrón abusa de su poder. ¡Chingada madre! —dijo mi Neto, impotente.

—Decidí decirte lo que ha pasado desde hace cuatro meses porque el último mensaje me asustó mucho, Neto.

—¿Qué te dijo ese pendejo?

—Me escribió que si no le correspondía, si no aceptaba acostarme con él, ¡te iba a meter a la cárcel!

Mi marido se quedó boquiabierto. Con ojos desorbitados, dijo:

—¡No chingues, Xiomara! ¿Neta?

—¿Por qué crees que exploté?

¡Ahí, en ese último WhatsApp, me advierte que, si no le doy gusto, meterá a la cárcel a mi marido. "Y no lo voy a sacar hasta que me ruegues de rodillas que lo saque", me dijo.

Esa noche, Neto y yo decidimos tomar medidas legales. Con miedo de padecer represalias y de que me dieran de baja del batallón, fui a declarar a la Agencia de Investigación en la Alcaldía Cuauhtémoc, que es la que nos corresponde. Llevé todos los *screenshot*s de las conversaciones que había tenido con el comandante. A los pocos días, regresé para conocer el curso del asunto. Se negaron a abrir la carpeta de investigación. Entonces, decidimos contratar un abogado. Sin su ayuda, era posible que no procedería. Nadie nos haría caso.

Como era de esperarse, después de que Filiberto Méndez recibiera el citatorio para comparecer ante las autoridades, aumentaron las amenazas y mis arrestos. Se dejó ir contra mí con toda su furia. Neto y yo tuvimos que ir a la Comisión de Derechos Humanos de la Ciudad de México y a la prensa. Mínimo, si me pasaba algo, que alguien más estuviera al tanto de los malabares del individuo macho, misógino, abusivo y sinvergüenza disfrazado de policía. Eso era el uniforme para él, un disfraz. No respetaba el atuendo que portaba de autoridad protectora de la ciudadanía. Asco total.

Como en la Agencia de Investigación nos daban atole con el dedo y no aceptaban mis *screenshots* como evidencias de su proceder, me cansé de estar desgastándome emocionalmente en vano. Me armé de valor y los llevé a un reconocido periódico. Para nuestra suerte, nos hicieron caso. Publicaron las fotos de los *screenshots* en sus redes sociales. Seguro no soy la única a la que este tipejo había acosado, pensé. No me equivoqué. Tan pronto salió a la luz pública mi caso, varias compañeras de mi batallón y de otras agrupaciones policiales se comunicaron conmigo para contarme sus historias. No con el mismo individuo, pero de parte de otros de sus superiores. Abusaban de sus cargos, las trataban como objetos sexuales, las acosaban de manera obsesiva e indecente.

Mis *screenshots* se hicieron virales. Mi infierno tuvo que convertirse en caso público para que interviniera la Jefa de Gobierno. Para que siguiera el curso adecuado la investigación y fuera destituido de su cargo el bigotón de Méndez. Tuve que exponerme en la prensa para que las autoridades se comprometieran con el respeto y protección de las mujeres en cualquiera de sus espacios laborales.

En nuestro país, en el silencio de las mujeres se esconde la falta de huevos y de inconciencia que tienen muchos hombres. No todos. No generalizo. Las mujeres nos tenemos que aguantar porque, según ellos, son más fuertes. Porque son los jefes, por su cargo, o simplemente porque son hombres. Pueden hacer lo que nosotras no podemos. ¡Aberraciones de una sociedad que no evoluciona! De una sociedad que se pudre y le falta empatía. Por la ausencia de amor en los hogares y la tendencia a promover lo que alimenta el ego: dinero, corrupción, apariencias. Toda causa social que merece respeto y atención se usa como estandarte de políticos para fingir apoyo y ganar votos.

Tuve que renunciar a mi trabajo, aunque no hice nada incorrecto. Por miedo a las represalias, nos mudamos a otra ciudad. Neto tuvo que traspasar su negocio. Temíamos represalias no sólo del bigotón, exdirector de policía, sino de todos sus superiores y autoridades, quienes solapan su conducta.

Me preocupa mucho la reacción de este sujeto, a quien acaban de cesar de su cargo. En lo que corren las investigaciones y se aplaca el alboroto en redes sociales, se ha mantenido tranquilo. No me confío. Tomamos medidas. Nos vinimos a una ciudad del norte del país, donde Neto tiene parientes. Nos ayudaron a echar a andar una ferretería.

No sabemos cuánto tiempo se lleve nuestro caso. Ha quedado en manos de nuestro abogado. Tenemos que alejarnos para volver a confiar en la vida, en nuestros semejantes. Mi sueño de infancia fue truncado por los bajos instintos del bigotón. Ayudo a mi marido en el negocio, cuido a mi hija, administro mi hogar. No sé si regresaré algún día a ejercer en algún cuerpo de seguridad pública. Por lo pronto, a la niña que un día soñó con scr una valiente guardiana del orden y de la justicia, hoy, le da miedo la policía.

Nos tira la onda a los dos

—¡Güey! ¡Estoy seguro de que Liliana nos tira la onda a los dos! —me dijo Víctor, uno de mis mejores amigos. Caminábamos rumbo al estadio para ver jugar al Cruz Azul.

—¡No mames! ¿Cómo crees? —respondí asombrado, perplejo.

—Te lo juro, Pepe. ¿Quieres comprobarlo? ¡Seguro nos escribe lo mismo a ti y a mí! ¡Te voy a mandar los *screenshots* de sus mensajes y me dices! —dijo mi amigo. Desbloqueó la pantalla de su celular para abrir su WhatsApp.

Se me cayó la quijada hasta al ombligo al empezar a ver las capturas de pantalla en mi WhatsApp. Víctor tenía razón. Liliana nos tiraba la onda a los dos. De la misma manera, con las mismas palabras, es más, creo que copiaba y pegaba los mensajes en nuestros *chats*. Muchas de sus frases ¡eran idénticas para ambos!

125

—No le comentes nada a ella. Que piense que no lo sabemos. Hagámosle una broma, ¿te late? —sugirió Víctor.

—¡Hecho! ¡Vamos a ver hasta dónde llega la canija!

Liliana Arias es la típica chica de ojo verde que se siente la más bonita de la preparatoria. Tiene lo suyo, pero no es para tanto. Digamos que mis ojos la ven desde que la conozco como una muchacha atractiva, que sabe producirse cuando se arregla. Siempre anda vestida a la última moda. Es llamativa, trae a más de uno babeando por ella. Desde primer año de bachillerato se hizo muy amiga de nosotros. Víctor y yo tomamos varias clases con ella. Ahora que estamos en tercer grado, nos separamos. Ella se fue a Humanidades; mi amigo y yo, a Ciencias Exactas. Sin embargo, la amistad continúa. Hace cuatro meses nos invitó a una fiesta en el centro de la ciudad, en el antro de uno de sus tíos.

Esa noche, Liliana y yo nos pasamos de copas, nos dimos unos besos. Comenzamos a cachondear por WhatsApp. Varias veces estuve tentado a pedirle que fuera mi novia. Con frecuencia, me platicaba de un tal Hugo, que la traía del ala, y ya no le hablé de ser mi novia. Cuando se le pase el rollo de ese vato, se lo pido, pensé. Admito que me encantaba echar mensaje cariñoso con la chava. A veces chateábamos hasta la madrugada. Me tomaba un par de chelas y hasta le mandaba fotos en calzones. Todo como juego. Ella jamás me dijo que la incomodara o que la insultara mi atrevimiento. Al contrario, siempre era la primera en darme los buenos días por el WhatsApp. Yo no había querido comentárselo a Víctor, no lo creí necesario, era rollo entre la Lili y yo. Eso pensaba. Ahora que Víctor me enviaba esas evidencias, me sentí como un pendejo. Me dio mucho coraje. Me acordé de mi papá cuando me contó que, en sus tiempos, para que alguien se percatara de que le ponían el cuerno, tenía que acechar, cazar y tomar una foto en el momento justo. Ahora existe el *screenshot*.

—Haz *screenshots* y mándamelos —me pidió Víctor.

Lo hice. Los dos tuvimos en nuestro poder las pruebas de cómo Liliana nos tiraba la onda y jugueteaba con nosotros por *chat*. Más de cinco capturas de pantalla, eran idénticas. Al checar la fecha y hora de los mensajes, nos cercioramos de que fueron el mismo día y ¡a la misma hora! ¡Hija de la chingada! Y yo, que por instantes llegué a pensar: "Seguro me ama, pero no se atreve a decírmelo. Espera que sea yo quien tome la iniciativa". ¡Qué pendejo!

Víctor me contó que con él sucedió algo similar. Lo invitó a su casa a ver series de Netflix, pidieron pizza y cerveza. Como no estaba nadie de la familia de Liliana, porque se habían ido a una primera comunión a un rancho, solos, al compás de los episodios de *Élite*, se pusieron cachondos. Comenzaron a besarse, se echaron un fajecito. Cuando mi amigo se fue a su casa, continuaron con el *sexting*. Igualito que conmigo. Patético el asunto.

Víctor y yo continuamos con el plan. Chateábamos con Liliana los dos, pero a mí ya me daba hueva. Le seguía el rollo por solidaridad con mi *brother*. La neta, cada día se me hacía más aburrido intercambiar mensajes que sabía que eran iguales a los que le mandaba a Víctor. Tal vez enviaba los mismos a otras personas que no conocíamos, de quienes no estábamos enterados. Me fastidié.

—Víctor, me da hueva este rollo —le dije. Mis papás habían salido a visitar a mi abuela y aproveché la privacidad. Lo invité a tomar una cerveza a mi casa.

—La neta a mí también, Pepe. Ya me cansé. Tú y yo nos echamos la risa y el choro con lo que nos escribe, pero ¿y ella? ¡Como si nada!

—Pongámosle sabor al caldo, güey —le dije. De manera impulsiva, hice un grupo de WhatsApp. Liliana, Víctor y yo, los únicos miembros.

Y se puso sabroso.

Liliana entró al *chat,* puso un emoji con expresión de curiosidad, y dijo: "hola".

¡Y voy yo! ¡Que aviento un chingo de *screenshots* al *chat*. Víctor mandó otros tantos de los suyos. Cagados de risa, esperamos la reacción de la Lily.

Entre *screenshot* y *screenshot* que enviábamos, alcanzaban a entrar mensajes de Liliana: "¿Qué traen? ¿Qué les pasa? ¡Par de babosos! ¡Les voy a explicar todo!", y mandaba *emojis* con ojitos llorosos y *gifs* de niñas chillonas.

Víctor y yo nos acercamos otras cheves. Las tomamos sentados uno al lado del otro mientras mirábamos las pantallas de nuestros celulares.

Le pregunté a Lily:

Andábamos medio alegres con las cheves. Víctor me miró boquiabierto al leer el mensaje y me preguntó:

—¿Qué es un *threesome*?

—¿Neta no sabes? ¡Ves! ¡Tiene razón en decirnos tetos! Es un trío, güey. Ella, tú y yo. Coger con los dos. O sea, los tres juntos en la cama.

En cuanto lo dije, imaginé la escena. Sentí una descarga eléctrica en mi cuerpo. Me excité muchísimo.

—Güey, se me acaba de parar —me dijo Victor, mirándome a los ojos.

—A mí también —respondí. Sin pensarlo, le di un beso. Mi cuerpo se estremeció.

Víctor respondió entusiasmado. Al separarnos, me propuso ir en ese mismo instante a la casa de Liliana.

—¡Que venga ella! —dije excitadísimo.

De inmediato, escribí en el *chat*:

Liliana llegó en menos de 15 minutos, vivía muy cerca. Tocó el timbre, le abrí de inmediato. En cuanto la puerta se cerró, comenzó a desnudarse. Víctor y yo nos encendimos como nunca antes. Ella nos miró y sonrió perversa. Se recostó en el sillón de la sala y bebió de mi cerveza. Vio la otra cerveza de Víctor y se llevó ambas a la boca. Vertió el líquido sobre sus labios, su cuello, sus senos. Al verla, comencé a desvestir a Víctor, y él a mí. Nos besamos frente a ella.

Liliana nos veía excitada. Se puso de pie para besarnos alternadamente. Los tres caímos en el sillón. Mezclamos sin control nuestros besos y caricias en un éxtasis rabioso.

Así transcurrió esa primera tarde juntos, en la que descubrimos nuevos caminos de placer. Al día siguiente, nos vimos en la preparatoria como si nada hubiera pasado entre nosotros. Los tres estábamos inquietos porque no sabíamos si lo que había ocurrido era efímero o se convertiría en una especie de relación poliamorosa.

Para mí fue un descubrimiento lo que sentimos Víctor y yo. Lejos de apenarme, me hacía muy feliz haber experimentado juntos. Creo que él sintió algo similar. Sentimos que creció nuestra gran complicidad. Todo gracias a Liliana y a los *screenshots* que hicimos de sus mensajes. Víctor y yo estuvimos a punto de olvidarnos de Liliana, fastidiados al descubrir lo que nos hacía. Jamás imaginamos que pasaría lo que pasó.

Durante las clases, ninguno de los tres nos dirigimos la palabra. No escribimos nada en el *chat* durante horas. Unos minutos antes de que terminara la última clase de ese largo viernes, Liliana cambió el nombre del grupo. Le puso *Ménage á trois,* y escribió: "¿Lo repetimos hoy?"

Víctor respondió de inmediato: "Quiero todo con ustedes". Se me volvió a parar al leer ese mensaje. Tenía temor de que se olvidaran de lo sucedido, que dijeran que no. Yo, no había podido sacárme nuestra experiencia de la mente.

"Mi depa está disponible. Mis papás se fueron todo el fin de semana a Cuernavaca. Regresan el domingo." Escribió Víctor en el *chat*.

Yo lo sabía porque habíamos quedado de maratonear series de Netflix juntos, sábado y domingo. Los planes cambiaron. Era la gran oportunidad de estar con la chica que nos gustaba y disfrutar de nuestra sexualidad.

"Ya vi que no son nada tetos. ¿A qué hora llego?", dijo Liliana. Acompañó su frase de un gif muy sexy de un trío.

"A la hora que quieras, nosotros ya vamos para allá. Sólo pasaremos por unas cervezas y algo para botanear", le respondí.

"Perfecto. Le diré a mis papás que tenemos que hacer trabajo en equipo. Así podré quedarme con ustedes todo el *weekend*", escribió Liliana.

Los trabajos en equipo se hicieron frecuentes. En equipo, disfrutábamos de largas horas de sensualidad que nunca imaginamos vivir. Solíamos poner en el *chat* acertijos y al que adivinara primero la respuesta le tocaba elegir las posiciones. A Liliana le encantaba elegir estar en medio de los dos. Entre los tres empezó a surgir una compenetración intensa. Nuestros encuentros eran cada vez más frecuentes.

Sonaba la alarma de la entrada de un mensaje a nuestro grupo de WhatsApp y me emocionaba. Era el único *chat* que no tenía "silenciado por un año" de mi lista de grupos. Todo iba muy bien hasta que entre Liliana y yo empezó a surgir algo especial. Víctor se dio cuenta. Brotaron sus celos. No sé si sentía más celos de ella o de mí. Sus mensajes en el *chat* comenzaron a ser apáticos, incluso hirientes.

Liliana comenzó a escribirme en privado. No lo hacía desde el día en que creamos el *chat* para reclamarle que nos coqueteaba a los dos. Me dijo que, aunque hacer el trío le había parecido maravilloso, ahora sólo quería estar conmigo. Eso me causo una mezcla de emociones. Por un lado, me atraía la idea de estar sólo con Liliana. Por el otro, sentía que lastimaría a Víctor. Para vernos a solas, aprovechamos un fin de semana en que Víctor visitaría a sus abuelos en compañía de sus padres. La pasamos muy bien. Sin embargo, experimenté un vacío, culpa, por sentir que traicionaba a Víctor. Liliana se levantó de la cama para ir al baño y aproveché para escribirle a Víctor. Le pregunté cómo estaba, me respondió que nos extrañaba. Le propuse vernos a solas, como antes, en los tiempos en que no existía el *threesome* entre nosotros.

Esa semana no escribimos nada en el *chat*. En la preparatoria, nos veíamos como si nada pasara. El miércoles quedé de encontrarme con Víctor para estudiar juntos. Aproveché para confesarle que me había visto a solas con Liliana. Le dije que ella me lo había propuesto, que me sentía muy mal porque no estuvo él.

Víctor me miró directo a los ojos. Sin aviso, se me echó encima. Pensé que me golpearía. Al contrario, comenzó a besarme apasionadamente. Me tumbó en su cama, nos quitamos la ropa y comenzamos a hacer el amor como nunca. Al terminar, me pidió que nos viniéramos juntos, viéndonos a los ojos. Justo antes del orgasmo, me dijo: "yo también me vi a solas con Liliana y te extrañé". Esa confesión nos excitó al máximo. Eyaculamos con potencia y estallamos en risas.

—Vamos a tomar *screenshots* de nuestras conversaciones con Liliana y las mandamos al *chat Menage a trois* al mismo tiempo —me propuso Víctor con su mirada pícara que me enloquece.

Eso hicimos y vimos que Liliana los leyó. No contestó nada.

—¿Y si nos tomamos una *selfie* juntos, aquí en la cama, y se la mandamos? —le propuse volviéndome a excitar con la idea.

Así lo hicimos y se la enviamos. Comprobamos que había visto la foto y en el *chat* apareció la indicación de que escribía su respuesta. Esperamos ansiosos, como niños chiquitos en travesura. Liliana está escribiendo, decía la pantalla. Y no enviaba nada. Pasaron varios minutos, dejamos los celulares al lado. Víctor comenzaba otra vez a besarme la entrepierna cuando se escuchó el sonido de alerta de un nuevo mensaje. Tomé mi celular y Víctor se incorporó para leer juntos la respuesta.

¿Qué creen que nos envío Liliana? ¡Una foto besándose con Regina, la capitana del equipo de porristas de la prepa! La guapísima e inalcanzable Regina Luna. Después, un *screenshot* donde Liliana le propone a Regina una orgía entre los cuatro.

Lo que ocurrió después ha sido una historia de película, digna de una serie de televisión. Pero de eso no les mandaré *screenshot*. Ejerciten su imaginación o esperen a ver la serie.

133

Pandémico

Sobresaltado, sobrecogido, amilanado, asustado, alarmado, atemorizado, horrorizado, más todos los adjetivos que sean sinónimos de esos, apenas alcanzan a describir mi estado de ánimo de ese 28 de marzo del año 2020.

El 31 de diciembre de 2019 estaba sentado en la terraza de un bistró de la calle Rivoli, en París. Esa noche festejaría la llegada del Año Nuevo en casa de una de mis mejores amigas —exnovia, por cierto—, quien me invitó a pasar la Noche Vieja en su departamento parisino, debido a que se encontraba triste tras su divorcio.

Ese último día, de ese último año que pasaríamos en la "normalidad", la Comisión Municipal de Salud de una ciudad china de nombre Wuhan (localidad que ni idea tenía de su existencia), en la provincia de Hubei, notificó un "conglomerado de casos de neumonía". Lo leí esa tarde sentado en el bistró y no le puse mucha atención. Esa Noche Vieja haría el amor con Patricia y después fumaría un cigarro sentado en el balcón de su departamento de la Avenida Grenelle. Eran las cuatro de la madrugada, el viento helado del alba me congeló las mejillas y las manos. Patricia y yo jamás imaginamos que estábamos por iniciar el primer año pandémico de nuestras vidas. Nos fuimos a dormir con nuestra ingenuidad puesta sobre todo nuestro cuerpo, sin sospechas. Desperté el 1 de enero de 2020 con trescientos cincuenta mensajes de *Happy New Year* en mi móvil, y dos *screenshots* de uno de mis mejores amigos. Paulo, quien estudió en China un par de semestres en el pasado, conservaba muchos amigos de ese país. Sus *screenshots* fueron las primeras "advertencias" de que algo incierto y desconocido empezaba a dispersarse por nuestro planeta.

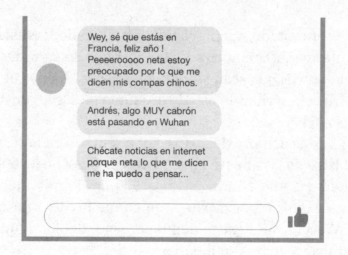

Me escribió y me envió dos *screenshots* de noticias sobre el asunto de las neumonías. Declaraciones de periodistas chinos (en inglés) que comenzaban a usar la palabra "grave" para referirse al "problema". Obviamente, le hice más caso a los mensajes de feliz año nuevo que a las palabras de Paulo —quien, por cierto, es biotecnólogo—. *Este güey con sus exageraciones*, pensé.

Me levanté muy tarde. Me preparé un café y me puse a observar a Patricia dormida. Leí noticias en Google: "Los casos de neumonías en la provincia de Hubei, en China, son causados por un nuevo coronavirus". Y empezó el desmadre.

Ese primer día del 2020, la OMS (Organización Mundial de la Salud) se declaraba en estado de emergencia para comenzar a atender el brote del virus que hasta ese momento percibíamos tan lejano; tan remoto como China está de Francia. Lo pensamos con esa soberbia que compartimos muchos —porque es contagiosa—, que nos hace decir: "a mí no me afecta, me vale madre".

Hice lo que tenía programado hacer: meterme a la cama con Patricia para iniciar el año con una sesión de sexo fenomenal, luego salir a caminar por la orilla del Sena. Buscamos después algún lugar para comer, por cierto, el único que encontramos abierto era una pequeña fonda de comida china. Pasaron dos días en los que Paulo me saturó el WhatsApp con *screenshots* de noticias sobre el coronavirus chino. Dos días en los que ni caso le hice. Leía la información y la borraba. ¿Para qué guardar esas cosas que a mí qué chingados me importaban? El cuatro de enero, la OMS hizo declaraciones en las redes sociales: "La existencia de un conglomerado de casos de neumonía en la provincia de Hubei, específicamente la ciudad de Wuhan, sin fallecimientos". Obvio, Paulo se volvió histérico. Invadió mi celular con cientos de *screenshots* sobre el asunto. Como les dije, mi amigo es biotecnólogo. Sospecho que desde niño le atraía —sí, atraía de atraer, de gustar, de encantarle— la idea de vivir una epidemia, para luego él desarrollar la vacuna salvadora y convertirse en personaje de una de esas historias de ciencia ficción que yo consideraba "mariguanadas". Hasta que me tocó estar dentro de ella, como personaje protagónico.

Patricia y yo comentamos el punto. Todavía percibíamos todo eso como lejano, impensable, y nosotros, sintiéndonos intocables, como seres invulnerables ante el tema chino.

Como era de esperarse, el reencuentro cuajó. Decidimos darnos una nueva oportunidad. Desde que tomé el vuelo en la Ciudad de México rumbo a París, sabía que iba directo al recalentado. Compramos boletos de tren a Roma, pasaríamos en Italia algunos días. La *Gare de Lyon* y su multitud con prisa entre andenes, pasillos y restaurantes es una escena que recuerdo y jamás pensé que iba a extrañar.

Viajar era la droga; el amor, el pretexto. Patricia y yo, con las cenizas de un amor pasado sobre las palmas de las manos, esparcimos nuestros alientos encima de nosotros y se volvieron a encender. Hacíamos el amor enredados en diferentes texturas de sábanas en cada hotel en que pasábamos las noches. Por lo general, cada dos días, uno distinto: Milán, Florencia, Torino.

Tomamos trenes de regreso a Francia. En esos días, el virus hacía lo mismo que nosotros: viajar. Nosotros de un lugar a otro. El virus, de un individuo a otro. *Screenshots* en mi WhatsApp que hablaban del virus, llegaban y saturaban mi memoria; ya no recibía de feliz año ni de buenos deseos. Se dejó de hablar de muchos otros temas y el "Coronita", como le decía mi amigo Paulo, se convirtió en el protagonista de la película que estaba por desenlatarse.

La información que China proporcionaba al mundo se ponía en duda. Había quien sugería que era la punta del *iceberg* de una conspiración mundial en contra del orden económico. El 10 de enero, la OMS tomaba como base las experiencias pasadas con el SARS —síndrome respiratorio agudo grave; en inglés: Severe Acute Respiratory Syndrome)—, y como orientación para recomendar formas de prevención y control para proteger a los profesionales sanitarios y a los ciudadanos, se hablaba del MERS (el síndrome respiratorio de Oriente Medio). Aparece en mis *screenshots* por primera vez la palabra "gotículas" —que no sé por qué me hacía pensar en algún tipo de bacteria originada en la Ciudad Gótica de Batman—. Empecé a preocuparme.

El pensamiento de "eso está hasta China, a mí me la pela hasta acá" aplacaba mis ideas angustiosas. El 12 de enero, China hizo pública la secuencia genética del virus causante de la COVID-19. Con la ingenuidad del que no tiene la más mínima idea de lo que es la genética, imaginé que ese era el primer paso para que saliera la vacuna. Seguro que, en un par de semanas, los chingones científicos chinos o de cualquier otro lugar del planeta la tendrían lista para comercializarla y hacer un buen varo con ella. ¡Iluso, ingenuo, pendejo! Así me siento al recordarlo, pero ¿cómo me iba a imaginar lo que venía si me la pasé viaje y viaje y haciéndole el amor a Patricia? ¡Vida ideal! ¡Coger, comer, dormir, viajar!

Ese 13 de enero (sí, trece de mala suerte), se confirma el primer caso fuera de China. En Tailanda, para ser específico. Entonces valió madre. El COVID-19 había comenzado su viaje por el planeta. Sin pasaporte y sin permiso de nadie, se salió de Hubei y se fue a recorrer el mundo. Mientras, yo la pasaba a toda madre en París, con Patricia, gastándome mis ahorros. No importaba, al regresar a México tenía un contrato para dar treinta conciertos, pues a eso me dedico: soy músico y cantante de trova. Incluso Patricia me presentó a un par de amigos que organizan eventos culturales en Francia. Parecía que se abría la posibilidad de conseguir algunas fechas de presentaciones en un par de ciudades de ese país.

Lo que es no tener bola de cristal y desconocer el futuro. Así me la pasé todo enero. En Francia, visité amigos, acompañé a Patricia a su trabajo (es decoradora de interiores), eché palomazos en pequeños bares cercanos a La Bastilla. Hice el amor con mi chica. El Coronita iba veloz, nosotros, a paso lento. Tranquilos, en disfrute del trayecto, sin saber que seríamos parados de golpe.

El 22 de enero la OMS declara que se ha demostrado la transmisión entre seres humanos en Wuhan. Aún no se conocía la magnitud de dicha transmisión. Se convocaron comités para determinar si se trataba de una emergencia de salud pública y darle importancia internacional. El 30 de enero, el Director General de la OMS convoca a un comité de emergencia. Acepta que el brote sí es una broncota de salud pública internacional.

Con esas noticias y los *screenshots* de Paulo, me puse muy nervioso. No paranoico, pero sí nervioso. Y yo en Europa, a mis anchas, de un lado a otro. A Patricia se le acabaron las vacaciones. Desde la última semana de enero, nos quedamos en París. Algunas veces la acompañaba a su trabajo, otras, prefería salir a caminar por la ciudad. Sentado en algún bistro, escuchaba charlas de las mesas contiguas. Muchas de las conversaciones de la gente empezaban a concentrarse en el virus. En francés, en inglés, en español y en todos los idiomas se empezaba a escuchar COVID, coronavirus, gotículas, tos intensa y *test*. El informe del 30 de enero de la OMS señalaba la existencia de un total de 7 818 casos confirmados en todo el mundo, 82 de ellos detectados en países distintos de China. Para esas fechas, se hablaba de dieciocho países con casos. En cuanto a contagios, el riesgo de China era evaluado como "muy alto"; el del resto del mundo, como "alto".

Paulo seguía con sus *screenshots* de información, reacciones, e incluso ¡memes sobre el tema! Mientras fue sólo mi amigo quien saturaba mi WhatsApp con datos e imágenes sobre el asunto, me mantuve tranquilo. La paranoia comenzó cuando mi madre, mi hermana, otros amigos y Patricia comenzaron a enviarme *screenshots* de cuanta cosa salía a la luz pública respecto al "coronita". Para el 25 de febrero, día en que decido regresar a mi país, tenía una especie de tic tembloroso en la mano izquierda provocado por toda la información recibida en redes sociales y de mis contactos respecto al virus. Ese temblor corporal se originó desde mi mente al pensar en mi regreso. Tenía que volar en un avión Boeing 777, donde iban más de trescientos pasajeros. ¡Y con mi teléfono celular lleno de *screenshots* sobre la hasta entonces epidemia! Que si es un virus fabricado, que si lo trajeron los extraterrestres a la Tierra, que si lo "soltó" un científico chino por descuido en un mercado de animales, que si lo "soltó" por pendejo, o por despecho, porque no le dieron trabajo en un laboratorio estadounidense y lo que hizo fue venganza...

Desde teorías de conspiración hasta artículos científicos avalados por la OMS. *Screenshots* de todo tipo de información. Unos mostraban a un chino (y como todos son iguales) torturado, la imagen con la leyenda debajo: "doctor chino que inventó el coronavirus es torturado por querer informar al mundo sobre la inminente muerte de la mitad de la población". ¡Ah, su pinche madre! El brazo izquierdo me empezó a temblar. Lo controlé, pero luego era involuntario. Yo zurdo, con ese brazo toco mi guitarra y ahora lo tenía todo tembloroso por la invasión de información desmesurada sobre el "coronita".

Llegué a México por fin. Me enojé con encargados de los módulos de migración porque no fui seleccionado para tomarme la temperatura. ¡Hice que me la tomaran! Con mi 36.4, me dirigí a buscar mis maletas, con todo y mi temblor. A mi amigo Paulo se le olvidó que soy muy sugestionable, que creo en los horóscopos, en las profecías de Nostradamus. Me enviaba *screenshots* de personas enfermas de COVID-19 que habían caído de súbito por la calle, presas de los síntomas de la enfermedad. "No hay cura, no hay vacuna, no hay medicina, wey", me escribía en los mensajes. Empecé a caer en un estado permanente de angustia. Prometí a Patricia regresar el 30 de abril a París con mis instrumentos y pertenencias para pasarme un par de meses con ella. Nos despedimos ilusionados. Pensamos que todo ese drama era transitorio, que a nosotros no nos perjudicaría. Se empezaba a hablar de los múltiples contagios en Italia y en España. Todavía había residuos de arrogancia, pedacitos de "esto no va a pasar", pululaban por nuestras mentes. El 11 de marzo, la Organización Mundial de la Salud manifestó su extrema preocupación por los alarmantes niveles de propagación del coronavirus. La gravedad se apoderó del tema, así como la inacción. Creo que a varios gobiernos de países les sucedió lo que a mi novia y a mí: nos paralizamos. Creímos que a nosotros no nos pasaría nada. "Es chino y lo chino no dura", pero no fue así. Ese 11 de marzo nos fue revelado por la OMS que el planeta era presa de una pandemia. Como jamás antes, mi dispositivo móvil se llenó de *screenshots* sobre el "coronita" y todo lo que sucedía alrededor suyo.

Miles de capturas de pantalla desfilaron despiadadas por los grupos de WhatsApp. Se colgaban en todas las redes sociales existentes. Historias de todo tipo: conspiraciones, tercera guerra mundial, invasión ovni, laboratorios involucrados en la creación del virus (chinos y estadounidenses), tasas de mortalidad, cadenas de oración, marchas contra el coronavirus, meditaciones mundiales, rezos de rosario a determinada hora, muerte de sacerdotes en el Vaticano, muerte de gente de la tercera edad de manera masiva, fotografías, audios, canciones, rezos, meditaciones. Otra vez rezos, otro audio de personas en el hospital que gritaban que se morían. Imágenes de doctores enojados, otros con ojos de desespero. Videos de esos mismos doctores que describían los horrores en los hospitales. Fotografías de personas en agonía, entubadas. *Screenshots* de lo que pasaba en los gobiernos. Declaraciones de gurús que decían: "no quieren que el mundo se entere de sus malas intenciones". Miguel Bosé declaraba que éramos víctimas de una conspiración. Cadenas con más rezos, más meditaciones. Formas seguras para tener sexo durante la pandemia. Memes, bromas, imágenes de la primera piñata en forma del "coronita", el baile de lavar las manos, el video de cómo lavarse las manos, fotos de manos lavadas, fotos de manos sucias. *Screenshots* de mi familia que envíaba conversaciones de otros grupos para que nos enteráramos en el nuestro. Después, ese mismo mensaje llegaba a todos mis grupos de manera simultánea, porque alguien que estaba en todos mis grupos decidía enviarlo por todos lados.

El mundo se detuvo en seco. La información avanzó de prisa. Patricia se quedó en París y yo en México. Se cerraron las fronteras, se cancelaron vuelos, trenes, conciertos, exposiciones mundiales, ferias y partidos de futbol. Tu mundo, mi mundo, el mundo de todos se detuvo. Ese mundo que giraba de prisa, que no paraba, sus ciudades, que jamás apagaban sus luces ni sus ruidos, quedaron en silencio con sus calles vacías. La pandemia se apoderó de la Tierra, como los temblores lo hacían con mi cuerpo. El 18 de marzo, la OMS, puso en marcha un ensayo clínico al que nombraron "Solidaridad", cuyo objetivo era generar datos veraces y sólidos para encontrar los tratamientos más eficaces contra la COVID-19.

El mundo se volvió pandémico. Como yo, contagiado con toda la información y *screenshots* que recibía. ¿Cómo no colaborar para diseminar el miedo? ¿Por qué vivir a solas ese pánico? ¡A darle! Comencé a hacer capturas de pantalla de cuanta información sobre la COVID-19 me llegaba. La enviaba, la posteaba. Sembraba de manera inconsciente semillas de terror. Como Pedrito Fernández en sus vacaciones. Como si al diseminarlas, encontrara compañeros para no transitar a solas, como ostra, ese trayecto rumbo a lo desconocido, hacia la posible muerte. Desde el 13 de marzo, me puse en cuarentena. Compré mis doscientos rollos de papel de baño, mis veinte botes de desinfectante y mis cuarenta frascos de gel antibacterial con alcohol al 70%. Me encerré a pedir todo a domicilio por Uber Eats, Amazon, Mercado Libre o cualquier opción similar.

Me llegó un *screenshot* donde decía que muchas personas se habían infectado al pedir comida a domicilio. Decidí salir con todas las precauciones (cubrebocas, guantes, camisetas viejas que tiraba a la basura una vez que regresaba del supermercado, lentes y careta) una vez por semana para hacer mis compras. Sucedió algo insólito: comencé a cocinar.

Se me ocurrió pedir recetas en mis grupos de WhatsApp. Capturas de pantalla con mil maneras de cocer un arroz llegaron a mis *chats,* a mi Messenger de Facebook. Me uní a grupos de ayuda para las personas en infortunio económico y emocional, provocado por la pandemia. Pandémico. Andrés Mora era un pandémico. Paranoico, temeroso, ansioso, angustiado, un asustado ser humano que se durmió una noche y al día siguiente despertó y su planeta había cambiado. *Screenshots* con la frase "No regresemos a la normalidad, porque esa normalidad ya no es válida" llegaron a mis *chats,* con diferentes tipografías y fondos de color. Yo no sé si los que la compartían —me incluyo—, lo que querían era sobarse la herida, consolarse de alguna manera. Utilizaban frases de superación con el cometido de convencer a los demás de que uno es fuerte. De que, como dice Murakami, se es distinto después de atravesar la tormenta.

Algo hay de cierto. No se puede salir ileso de esto. Mientras escribo y detallo lo que narro, estoy en mi departamento de la Ciudad de México. Ileso. Hasta hoy, 2 de enero de 2021, la COVID-19 no me ha tocado. Atacó a un tío lejano, a once parientes, a catorce de mis amigos, a cientos de conocidos de mi medio. Asesinó a dos primos, a seis amigos, a cientos de conocidos, a muchas personas en mi barrio, a cientos de miles en mi México, a millones en el planeta. Ha pasado a lado mío, me ha rozado. No me ha dado. Lo que me dieron fueron varios ataques de pánico. Varios soponcios. He tenido que tomar dosis altas de clonazepam. Se me terminó y tuve que tomar vodka y tequila por miedo a ir al médico para que me diera otra receta. No ha sido una pandemia la que he vivido, han sido tres: la del "coronita", la del miedo y la de *screenshots*. Juntas han invadido mi diario vivir con intensidad. Como náufrafo de las Islas Marías que vislumbra una lancha, observo la llegada de las vacunas. Seré de los últimos en las aplicaciones, por mi edad. Mejor ni veo los *screenshots* sobre las conspiraciones para colocarnos un chip al inyectarnos las vacunas. Quiero salir de esta burbuja de pánico en la que he vivido. Necesito esperanza.

Hoy, 2 de enero de 2021, Patricia me ha dejado por segunda vez.

"No tengo la menor idea de cuándo será posible volver a verte. Te dejo libre para que vivas la pandemia con la gente que tengas cerca. Con quien puedas ver sin necesidad de Zoom. Podemos hacer videollamada cuando gustes, pero este mundo ha cambiado, no convienen amores a distancia, Andrés. Además, estás muy pandémico, y con una pandemia tengo", me dijo por FaceTime.

México no es un país confinable. Aunque se han tomado medidas rígidas (paro escolar, cierre de negocios no esenciales, uso de mascarillas, uso de protecciones, cubrebocas, sana distancia), no hemos llegado al confinamiento como en Europa.

Patricia, cuando hay confinamiento, sólo puede salir con un permiso para lo importante, como comprar víveres. Los trabajos y cursos escolares pasaron de modalidad presencial a ser todos *online*. Mis conciertos están cancelados hasta próximo aviso. Tengo poca entrada de dinero y me gasté todos mis ahorros en viajar. Para sobrevivir, doy clases de guitarra *online*, he pedido un préstamo a mi madre —con 32 años y mucha vergüenza—, para sobrellevar la pandemia.

Este 2 de enero he decidido dejar de ser pandémico en medio de la pandemia. Estoy harto de que me tiemblen la mano y el espíritu. Estoy harto de sentir miedo. Y como no sé que pasé —tal vez cuando usted, querido lector, vea esto, va a tener más información sobre el futuro—, prefiero, a partir de hoy, vivir un día a la vez. Poco a poco, reconstruir la paciencia. Borrar todos los *screenshots* y mensajes sobre el "coronita".

Me mantendré informado de lo importante. Tocaré la guitarra en mi balcón cada tarde. Grabaré una serenata en video, se la dedicaré a las enfermeras y doctoras, nuestras heroínas pandémicas. Recitaré un poema a los caballeros del sector salud, que serán más chingones que los del Zodiaco. No sé si cuando usted lea esto, ya estemos vacunados o exista algún tratamiento. No sé si yo habré salido invicto, contagiado y recuperado o doblegado por el virus. De lo que estoy seguro es que tal vez le ha pasado lo que a mí. Seguro le infectaron sus *chats* con *screenshots* de información de todo tipo sobre el "coronita".

Con el nuevo adiós de Patricia, he borrado todo de mis *chats*. He decidido dejar de temblar, tocar la guitarra, cantar cada noche un himno hacia la vida, esa vida que permanece amenazada, a la que hay que cuidar con un cubrebocas y distancia social.

En esta pandemia tuvimos que alejarnos para acercarnos. Dejar de abrazarnos, para sentirnos. Dejar de besarnos para acariciar nuestros recuerdos. Dejar de viajar por países para viajar por nuestro interior. En este mundo pandémico, los animales, plantas, peces, mares, ríos, montañas, árboles e insectos recuperan su espacio, nos aíslan. Nos regresan a nuestro tamaño real, nos hacen recordar que no somos dioses. Que somos simplemente humanos.

Hacker

🌍 ♡ 💬 ⊿

← 👤 Godínez 📹 📞 ⋮

Mi Gody tengo muchas ganas de
que me beses el cuello 👃💕 8:20 AM ✓✓

Uff !!! Yo también mi conejita !!!
y no sólo el cuello 😈 8:20 AM

Obvio amor 😻 ese sería
el comienzo 👃❤ 8:21 AM ✓✓

Y para cuándo otro
encerrón conejita? 8:21 AM

Yo creo que después de que
cobremos las facturas que
duplicaste, podemos darnos
una escapada mi Gody 8:21 AM ✓✓

Y así celebramos otro golazo !!! 8:21 AM

Siiii !!! Mi marido se va a ir a
Monterrey en un par de semanas
y nosotros podemos irnos a
Cuernavaca 😋 8:21 AM ✓✓

Dime 🐸 y salto.... encima de
ti... bombón !!! 🐱 8:22 AM

❤ 🐸 rana!!!!!! 8:22 AM ✓✓

😊 Escribe un mensaje 📎 📷 🎤

Silvia Trejo es mi esposa. Mujer de 42 años, que aparenta 35 por los excesivos cuidados que consagra a su persona. Hace tres meses, cumplimos 14 años de casados. Bernabé se llama nuestro único hijo, de 12 años. Ella no quiso volver a someter su figura a la maternidad, para no arriesgarla. Nos quedamos sólo con Berna. A nuestro matrimonio lo antecedió un cariñoso noviazgo de tres años, en el que Silvia y yo viajamos, convivimos muchísimo y nos dedicamos mucho tiempo. Los primeros años de convivencia como esposos no fueron distintos al noviazgo. Continuamos metidos en una dinámica de atención, hacíamos muchas cosas juntos. Todo cambió después de que nació Berna. Silvia pasó por una depresión postparto. Su carácter se hizo distinto, más parco. Rehuía a actividades y gustos de antaño.

El niño comenzó a absorber su atención. Yo lo tomé como algo lógico. Teníamos que compartir ahora entre dos el tiempo y el amor de Silvia. En mi caso, mi carrera profesional como supervisor comercial de una empresa multinacional dedicada a la elaboración de estructuras metálicas iba en ascenso. Me nombraron director regional y empecé a viajar con frecuencia a sucursales de otros estados. Silvia y el niño, en compañía de la nana y de una mucama, se quedaban en nuestra residencia de la Ciudad de México. Al trascurrir los años, la autonomía que adquirió nuestro hijo con la edad hizo que dependiera menos de su madre. Silvia, poco a poco, comenzó a retomar actividades.

Regresó a jugar tenis, al gimnasio, a los *spa*, a hacer algunos trabajos de asesoría de imagen personal. Ella estudió diseño de imagen y comunicación social. Su temperamento extrovertido le ayuda mucho a relacionarse con la gente. Se hizo de una importante cartera de clientes. La contemplé realizada. La depresión postparto quedó en el pasado. En apariencia, todo fluía bien entre nosotros. La mujer de la que me enamoré y que convertí en mi esposa continuaba bella, radiante, con figura ágil; atractiva toda ella.

La administración de la casa, su agenda de citas, las relaciones con sus clientes y familiares la mantenían pegada a su teléfono celular. Cada día era menos posible mantener un diálogo con ella sin ser interrumpidos por un mensaje de texto, WhatsApp o por las notificaciones de sus redes sociales. Se gestaron en mis entrañas los celos. Crecieron a un nivel desbordante. Celos que me llevaron un día a buscar los servicios de un *hacker*. Lo contraté porque tenía una excesiva curiosidad por saber con quién demonios chateaba hasta altas horas de la noche dentro del cuarto de baño, en la cocina, por todos lados.

"Javier, es mi madre, está preguntándome si iremos a cenar el próximo domingo." "Javier, no te alteres, es sólo un cliente que necesita un presupuesto, para renovación de la imagen de sus empleados, quiere colores nuevos en los uniformes." "Amor, no seas metiche, sólo veo memes en mis grupos de WhatsApp." Esas y otras frases similares me decía mi mujer cuando intentaba meter ojos y nariz dentro de las conversaciones en su dispositivo móvil.

—¿Qué escondes que no me dejas ver? —llegué a preguntarle en tono ofendido.

—Me ofende que no confíes en mí. Respeta mi privacidad. Es un derecho que tenemos todos —respondía Silvia.

—¡Puedes ver el mío, si quieres! Yo no tengo nada que esconder —replicaba astuto. Esperaba que al entregarle mi celular, ella hiciera lo mismo con el suyo.

—¡No quiero verlo! ¡Es tu celular! Es tu privacidad, confío en ti. Entiende, ¡yo confío en ti! —decía Silvia. Me besaba en la mejilla, me abrazaba.

Nunca le gané esa batalla. Me quedaba con la duda encajada en mis pensamientos, con angustia. Y ella tan tranquila seguía metida en su *chat*. Agarrada de su derecho a la privacidad.

No aguanté más. Contraté un *hacker* para espiar sus mensajes. El que busca encuentra y, a veces, lo que no quería encontrar. Así me sucedió. Descubrí su infidelidad y que estaba metida en negocios turbios coludida con el abogado de mi empresa.

A unos días de contratarlo, Mr. James Bot —como se hace nombrar el *hacker*—, me envío *screenshots* de conversaciones entre mi esposa y Heriberto Godínez.

—¿Godínez, mi abogado? —pregunté incrédulo.

—Sí. Godínez, su abogado —me confirmó en tono serio, seguro de sus pruebas.

¡Godínez es mi abogado! Además, hace honor a su apellido. Siempre anda vestido de traje, con corbata. Aunque la corbata que use sea la misma los cinco días laborales de la semana. Se la pasa refundido en su cubículo del área legal de la empresa con su horario de nueve a cuatro. Emocionado con los viernes, come en la fonda de la esquina con su gafete de la empresa puesto. ¡Valiendo madre! ¿Qué chingados le vio Silvia a este tipo? ¡Yo se lo presenté durante un convivio de fin de año de la oficina! Sentí que me hervía la sangre. No sé qué me hizo enojar más, si comprobar la infidelidad de mi esposa, la traición de mi abogado, o que justo lo hiciera con él, a quien siempre he considerado un *godínez*.

Ante las evidencias, me desbaraté. Reacomodé mis pedazos de corazón yo solo. Para recuperarme del golpe, busqué apoyo psicológico. No quise echarle en cara la traición a mi esposa de inmediato. Tenía aún curiosidad por saber cómo pudo caer tan bajo. Preferí tragarme mi dolor, caminar, aunque con un pie cojo, para conseguir más evidencias. Quería armar un expediente secreto, sacarlo a la luz ante los ojos de mi mujer y los de todo el mundo.

Coraje, rencor, decepción, desilusión, tristeza, desesperanza, odio; todo eso sentí. Con todo eso, elaboré una mezcla de emociones amargas que se anidó en mis intestinos. Y en mi alma.

En el hogar no tuve que esforzarme mucho por ocultar lo que me pasaba. Silvia cada día me ignoraba más. Le pasaban desapercibidos mis intereses y sentimientos. Me limité a fluir por inercia con el corazón hecho piedra. Aguanté mis iras, contuve mis gritos. Fingí que todo seguía en apariencia normal. Cuando el destino te prepara una jugada, prepara las cartas adecuadas de tu tirada para que las uses en el momento justo. Así sucedió. Dos semanas después de que Mr. James Bot me había entregado los *screenshots* con las evidencias de los asuntos entre Godínez y mi esposa, sucedió lo que a continuación narraré.

Una tarde, asistí al consultorio de Leticia, mi psicóloga, hija de una amiga de mi madre, a la que le tengo toda la confianza como profesional. Además de ser mi trerapeuta, hay un toque amistoso entre nosotros desde que éramos jóvenes. Acudí a ella ante mi infortunio. Después de la terapia, se nos ocurrió ir a cenar. Deseaba profundizar mi asunto en una charla de amigos. Leticia me dijo que no era recomendable, pero se nos hizo fácil. Siento que aceptó para apoyarme, por lo abrupto de mi caso. Fuimos a su restaurante favorito: Au Pied de Cochon.

Leticia se percató de que en una mesa del fondo cenaba Silvia con mi abogado. ¡Bendito sexto sentido de las mujeres! Les advierte situaciones extrañas, extraordinarias. Yo soy tan distraído que ni cuenta me hubiese dado si he ido solo. Menos con la cabeza invadida de telarañas mentales, como la traía. Solicitamos al mesero una mesa en un rincón, medio oculta, desde la que, con ciertos movimientos de cabeza, podíamos observar a la "pareja diabólica". Así me recomendó Leticia llamarles. Un tipo de apodo terapéutico que me ayudaba a desahogarme.

—Mándale un mensaje de WhatsApp a tu mujer —me recomendó Leticia.

No me lo pidió dos veces. De inmediato saqué mi celular para escribirle.

—¿Qué le pongo? —le pregunté. Sintiéndome protegido por estar acompañado de una experta en temas de pareja.

—Déjame pensar —me dijo con ese aire intelectual que la caracteriza.

—Tú dime qué le escribo y yo lo hago, Lety.

—¡Ya sé! Ponle: "Hola, mi amor, tengo una complicación en la oficina, no llegaré a cenar".

Levantó las cejas para ver de cerca el mensaje que yo escribía.

—¡No! ¡Eso no! —me corrigió. Con su mano, detuvo la mía a punto de escribir—. Mejor ponle: "¿Qué haces, mi amor? Yo voy a una reunión para resolver un problema en el que me metió Godínez —me instruyó en tono imperativo, con cierto dejo de cazador que disfruta al acorralar a su presa.

—¡Sí! ¡Eso suena genial! —respondí con entusiasmo adolescente.

—Saca tu celular, Lety, para que grabes desde aquí sus reacciones cuando lea mi mensaje. Con el Iphone X que traes, lo harás sin bronca.

Escribí el mensaje, preparamos su celular en modo grabación de video antes de enviarlo. Al darme la indicación, presioné *send*.

—¡A ver qué cara pone! ¿Qué le dirá a Godínez? ¿Y si le pedimos a un mesero que se acerque y escuche su conversación? —dije a Leticia agitado por el estrés que me invadió.

—¡Cállate y observa! —dijo Leticia en tono divertido. Convertida en mi traviesa cómplice.

Vimos cómo Silvia ignoró mi mensaje. ¡Lo ignoró! Con claridad absoluta vimos cómo mi esposa vio su celular. Las palomitas de lectura registrada se pusieron azules en mi WhatsApp. Y ni se inmutó. Ambos le dimos un gran sorbo a nuestras copas de vino tinto. Enseguida, categóricamente, Leticia me dijo:

—Mándale uno de los *screenshots* que te dio el *hacker*.

Dos cabezas piensan más que una. Se encendió un foco en mi cabeza y le dije a mi terapeuta:

—¿Y sí se los mando al mismo tiempo a los dos?

Leticia aprobó mi idea con un movimiento de cabeza. Levantó su copa a manera de brindis.

Brindé con Leticia. Envalentonado con su compañía, y anestesiado por el dolor de mi corazón, lo hice. Mandé *screenshots* simultáneos a mi vieja y al Godínez. Les envíe 10 de los 204 *screenshot*s que me había entregado Mr. James Bot. Entre ellos, uno que Leticia, después de mostrárselo, había calificado como "memorable".

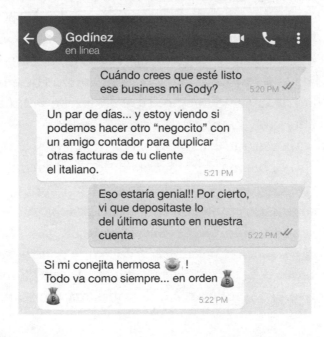

En esa conversación, ambos admitían sus menesteres fraudulentos y su relación amorosa. Imagínense, ¡hasta habían abierto una cuenta bancaria mancomunada para disponer del dinero que obtenían con trampas fiscales! ¿Ahora entienden el impacto que tuvo en mí el percatarme de tanta porquería? Tal vez por leer tanta basura, Leticia sintió por mí empatía amistosa, más que profesional. Y ahí estaba esa noche, a mi lado, apoyándome y alentándome a enviar esos *screenshots*.

Leticia grabó video de sus reacciones. Silvia y Godínez abrieron los ojos incrédulos. Se veían uno al otro boquiabiertos. En las expresiones de sus rostros, se reflejaron sorpresa, susto, intranquilidad, nerviosismo. Lo que sentía era una mezcla de desilusión con placer. Una profunda desazón apuñalaba mi pecho. Un placer pérfido me invadió al observar su reacción; saboreaba su suplicio.

Los dos canallas voltearon para todos lados. Leticia y yo estábamos fuera de sus rangos de mirada. Tomamos precauciones. Nos ocultamos tras un pilar. Desde ahí, vimos cómo Silvia, enojada, le dijo algo a Godínez. Él intentaba calmarla. Ella le aventó una servilleta en la cara, guardó su celular en su bolsa, se puso de pie y abandonó el lugar. Godínez dejó billetes sobre la mesa y salió detrás de ella. Estuve a punto de hacer lo mismo. Tuve deseos de salir detrás de ellos. Leticia me detuvo.

—Si quieres que esto que acabas de hacer sea algo inteligente, no debes perder el control de la situación, Javier. Aquí tengo el video de lo que vimos. Te lo mandaré por correo, el archivo está pesado. Entre más pruebas tengas, será más difícil que ella intente convencerte de que se trata de un error. No pierdas la cabeza. Tienes que pensar muy bien lo qué harás al llegar a tu casa —me dijo. Puso su mano sobre mi hombro y pidió un par de copas más de vino.

—¿Mi casa? No había pensado en eso —dije en tono derrotado. Con el deseo de no regresar esa noche a mi hogar.

—¿Cómo quieres usar esos *screenshots*? Si los vas a usar sólo con ellos para comprobar su adulterio y sus actividades turbias, y con eso solicitar un divorcio, ya no hagas más. Que reaccionen como quieran. Que hagan lo que tengan que hacer. Si los quieres usar por la vía legal durante el juicio de divorcio y que se hagan públicos, debes antes tomar información y precauciones legales.

—¿Públicos? —dije apesadumbrado—. Cuando los vi por primera vez era tal mi furia que pensé en hacerlos públicos, subirlos a redes, enviarlos por correo a todos los directivos de la empresa, mandárselos a sus papás y hermanos. ¡Que todo el planeta se enterara de la perversidad del par de idiotas! Después pensé en Berna, mi hijo. En mis padres, mis suegros, en lo mucho que nos aman. En que no sólo la imagen de ellos quedaría expuesta al escarnio, sino también la mía, como el cornudo imbécil. Por eso me contuve y no los hice públicos, Lety —expliqué con tristeza.

—¿Ves? Tengo razón en decirte que tienes que pensar muy bien lo que harás con esas evidencias, si las usas sólo para deshacerte de este par de personas que no te respetan o si vas a irte con todo. Y cada una de las opciones tiene sus correspondientes consecuencias, Javier.

Después de charlar un par de horas más con mi amiga y psicóloga, tomé una decisión. Leticia me dijo: "Decidas lo que decidas, hagas lo que hagas, cuentas conmigo. Estaré acompañándote en tu proceso". Al decírmelo, acercó su rostro al mío. Nuestros labios quedaron a una distancia inquietante. Nos separamos como si no hubiera ocurrido.

Regresé de madrugada a mi casa. Silvia estaba en pijama, sentada en uno de los sofás de la sala. Tomaba café, fumaba un cigarrillo —cosa que hace sólo cuando esta nerviosa, o en fiestas—. En la penumbra, alcancé a percibir sus ojos hinchados. Había llorado.

—Mandé a Berna a casa de mi mamá, le dije que mañana no podríamos llevarlo al colegio, porque teníamos muy temprano un compromiso juntos —dijo con voz plana, en susurro, lacónica.

Me senté frente a ella. Encendí una lámpara de mesa. Esa noche deshice el vínculo que me ataba a mi mujer. Silvia lo había deshecho hacía un año tres meses, desde que se involucró con Heriberto Godínez. Expresé mi dolor, mi desilusión, mi ira. Le grité. Luego me calmé y le expuse de manera más tranquila mis sentimientos.

—Se me hizo fácil. No sé que me pasó, Javier. Me sentí atrapada en una rutina diaria y Heriberto hizo mis días más llevaderos con sus coqueteos y piropos —dijo, con la mirada encajada en la alfombra del salón, sin siquiera mirarme de frente.

—¿Y sus negocios turbios? —la interrumpí—. ¿Cuándo te ha faltado algo, Silvia? Trabajo como esclavo para que a Bernabé y a ti no les falte nada. Tú tienes tu trabajo. No tenías necesidad de cometer acciones tan bajas. Les mandé sólo diez *screenshot*s. Tengo más de doscientos. Poseo respaldo de todo. Los he leído uno por uno varias veces. ¡Son un par de pendejos! ¡Dos granujas que no merecen piedad! ¿Por qué demonios hiciste algo así?

—Adrenalina, Javier. Era un juego. Lo siento. Tienes razón, ha sido una estupidez. Se desató en mí una necesidad de tener más y más. No era tanto el dinero. Era la adrenalida, adrenalina pura en todo sentido. Y me hundí —dijo resignada, y comenzó a llorar.

—¡Entonces eso haremos! Diremos que decidimos disolver nuestro matrimonio de común acuerdo por tener intereses distintos. Que a ti te gusta la adrenalina de lo prohibido, y a mí no. Tengo pruebas de todo. No tienes idea de la cantidad de información que poseo de ambos. Puedo hundir sus carreras. Sin embargo, eres la madre de mi hijo, la mujer de la que he estado enamorado la mitad de mi vida. Si no quieres que haga pública toda la evidencia que tengo, firmarás el divorcio bajo los términos que yo decida. No usaré los *screenshots* en su contra, pero te vas a largar de mi vida de la misma manera que hiciste tus chingaderas: sigilosamente.

Silvia aceptó. La opción de hacer públicas sus cochinadas la aterró. Mostrar ese lado tan sucio ante los ojos de su hijo, de su familia, clientes y amigos, la hizo rendirse ante mi propuesta. Le pedí que le hiciera saber mi resolución a Godínez. Si no querían más problemas, que presentara su renuncia de inmediato en la empresa. No quería volver a toparme con ese tipo. Y a ella, verla lo menos posible. Sabía que al ser la madre de mi hijo, la vida me la pondría enfrente en el futuro. Yo me encargaría de que fuera en mínimas ocasiones.

Todo lo que mi corazón desgarrado demandó lo aceptaron el par de traidores. A Bernabé le dijimos que llevábamos tiempo en crisis de pareja, que se lo habíamos ocultado para no lastimarlo, que luchamos por sostener el matrimonio, pero decantamos en el divorcio por el bien de todos. No le mentimos. Nuestra relación había caído en el precipicio desde que Silvia y Godínez se entendieron a mis espaldas. Era cuestión de tiempo. A veces pienso que ese sexto sentido que fue otorgado a la mujer, y supuestamente negado al varón, se manifiesta en celos irracionales en los hombres.

No sé si lo que digo sea algo certero. Lo que sí agradezco fueron mis arranques de inseguridad, de sospechas. Gracias a ellos pude buscar a Mr. James Bot para salir de ese cajón lleno de incertidumbres en el que vivía. Silvia se fue de la casa. Godínez, de la empresa. El tiempo, que zurce las rasgaduras del alma, hizo su labor.

La tarde en que Silvia y yo salimos del despacho del abogado, después de firmar el divorcio, le expresé mi última sentencia:

—Sigue tu jodido rumbo, Silvia. Ojalá que recuperes la cordura y rectifiques muchas de tus acciones. Es asunto tuyo. ¡Tú sabrás qué haces! Por si acaso, por si sigue tu desvarío, tu proceder de dudosa moral, te diré algo. Me quedo para siempre con dos cosas, con el recuerdo de los buenos momentos vividos juntos y con todos los *screenshots*.

Y nunca los pienso destruir. No los veo. Los tengo guardados en varios discos duros, en mi nube, como respaldo y evidencia de la gran tragedia de mi vida. Por si alguna vez se le ocurre a esa mujer volver a lastimarme, que yo tenga con qué defenderme. No la vi venir. No vi el tráiler al final del túnel que me iba a atropellar y a destrozarme. Me cayó de sorpresa su infidelidad, su traición.

Silvia y Godínez terminaron su relación. Cada uno tomó su camino. Ella se fue a radicar a León, Guanajuato, donde consiguió un empleo. Espero que Godínez se haya ido a vivir a la chingada. No me interesa saber nada de ese tipo. Berna se quedó a vivir conmigo. Visita a su madre una vez al mes, en fechas especiales y vacaciones.

Leticia me apoyó en mi decisión, tal y como lo dijo aquella noche en que le envié los *screenshots* a mi esposa y a su amante. Me ha pedido que busque otro psicólogo. Leticia disfruta más ser mi amiga que mi terapeuta. Nos trasladamos del consultorio a cafeterías, restaurantes y playas. Mr. James Bot me buscó hace poco para ofrecerme de nuevo sus servicios. Ya no los requiero, le dije, y le di las gracias. No quiero tener contacto con él.

Mr. James Bot me recuerda lo vulnerables que somos hoy en día. Que nuestra intimidad puede ser ultrajada sin que nos demos cuenta. En este mundo cibernético en el que nos emocionamos cuando un desconocido remoto nos da un *like*, perdemos conexiones reales, contacto con las personas que nos rodean. Un mundo en el que se olvida lo que es el tacto del otro sobre la piel, en el que desgastamos la mirada en una pantalla.

Zoom

Díaz estaba muy nervioso porque su jefe le puso un ultimátum:

O se pone las pilas o lo despido. Pasará a formar parte del medio millón de desempleados de este país, que va en caída libre hacía el desbarranco social y económico.

Desde que inició la pandemia, en su empresa hacían *home office*. A Díaz le costó mucho adaptarse al trabajo *on-line*. Estaba acostumbrado a su espacio seguro, cn su módulo laboral, al lado de sus compañeros y supervisor. Hubo que adaptarse a la "nueva normalidad". Aprender en friega cómo desarrollar su labor a través de las modernas herramientas de comunicación.

La administración de los grupos de WhatsApp que le encargó su jefe la dominaba. Había conseguido vincular la aplicación a su computadora, lo que le abrió un universo de posibilidades. De ese modo le era más fácil manipular los archivos recibidos y enviados. Pero le fallaba el Zoom. Había tenido algunas situaciones incómodas en las reuniones digitales porque siempre se le olvidaba silenciar su micrófono. En varias ocasiones, se entrometió la aguda voz de su tía Bertha, regañándolo por no sacar la basura y darle de comer a los gatos. Otras, su cámara se quedaba encendida cuando la creía apagada, y se le vieron los calzoncillos al levantarse por una taza de café.

Se confiaba en que sólo se veía en pantalla su camisa y la corbata. Se desahogaba con Alberto, su único amigo en la empresa, encargado del manejo de la aplicación para las juntas internas y con los clientes.

—Alberto, ¡otra vez enseñé las piernas!

—¡Ay, Díaz! ¡Ya ni me digas! Todos vimos lo peludas y flacas que las tienes! Debes ser más cuidadoso.

—Por más que trato, no me acostumbro.

—Debes ser más precavido. No confiarte —le decía Alberto, resignado a las distracciones de su compañero.

Alberto estimaba mucho a Díaz. Resolvía sus dudas en el manejo del Zoom y de todas las demás aplicaciones novedosas que se pusieron de moda para fines de interacción *online*.

—Tienes que empaparte de todo esto, mi hermano. No hay vuelta atrás. La pandemia y el confinamiento nos obligaron a adelantarnos casi cinco años a este tipo de comunicación —le insistía, con paciencia, Alberto.

Díaz no le ponía la atención debida, a veces ni caso le hacía. Tenía la esperanza de pronto regresar a la oficina, a su zona de confort.

La frase de su jefe retumbaba en su cabeza: "o se pone las pilas, o lo despido". Le impedía dormir sus 8 horas diarias acostumbradas, recomendadas por su tía Bertha, quien le insistía en reposar lo suficiente para no aparecer demacrado en sus sesiones *online*.

Su jefe programó una reunión para tratar asuntos especiales, en esta participarían 50 personas. Entre los convocados estarían miembros, líderes sindicales y periodistas de diversos medios de comunicación. Le encargó a Díaz generar el *link* de Zoom para transmitirla, enviar la liga a tiempo a los participantes y moderar la junta. Para colmo de Díaz, se contagió de COVID-19 cuatro días antes de la sesión. Con los achaques del virus, más la amenaza de su jefe en la mente, se sintio aún más estresado.

El día del acontecimiento, se aprestó desde temprano. Se despertó a las siete de la mañana, preparó su computadora. La conectó directo al módem de internet para no depender de la señal de *wifi*, que siempre le fallaba en los momentos más críticos. A las ocho y media estaba listo para la misión en la que se jugaba su trabajo. Se instaló en un set improvisado en la sala de su casa. Movió las lámparas para generar más luz, aunque su tía Bertha refunfuñara. Repasó cada una de las instrucciones que le había enviado Alberto para moderar la reunión de Zoom. Tomó *screenshots* de cada una para no extraviarlas y las conservó en su celular, además de resguardarlas en su disco duro.

Generó la reunión y, a las nueve en punto, envió un WhatsApp a los grupos de convocados. Esperó a que dieran las diez, la hora acordada. El tiempo transcurrió lento. Se mordió las uñas, se jaló los cabellos. Tomó doble dosis de paracetamol para el dolor de cabeza que el coronavirus le provocaba.

Minutos antes de las diez, empezaron a llegar las solicitudes de ingreso. Díaz, atento, las aceptaba. Jovial, daba la bienvenida en nombre de su jefe y de la empresa Monitorex. No faltaba el que le mandaba por WhatsApp un *screenshot* de la pantalla, diciéndole que no podía ingresar a la reunión. Díaz, paciente, indulgente, lo resolvía de inmediato.

Se sintió más relajado. Entró en confianza. Suspiró tranquilo al iniciar puntual con el importante *meeting*.

Su jefe tomó la palabra, dio la bienvenida. Sonriente, saludó a los conectados. Se tomaron listas de asistencia, se solicitó autorización para grabar la reunión. Todos accedieron. Díaz hizo gala de su dominio del Zoom cuando, tras un segundo de la indicación de su jefe, le dio inicio correcto a la grabación. Se coordinaron las participaciones. Díaz, con gran maestría, dominaba el panorama. Silenciaba los micrófonos abiertos, procuraba que se escuchara al orador en turno.

Todo iba muy bien, pero minutos antes de terminar la sesión, alguien pidió ver conjuntamente la presentación que se les había enviado previamente por *email*. Varios secundaron la moción. Su jefe accedió a las peticiones y ordenó a Díaz que la compartiera.

La instrucción cayó encima de Díaz como balde de agua helada. ¿Cómo se comparte una presentación?, se preguntaba. Angustiado, con sudor en las manos; no sabía hacerlo. Se generó un largo e incómodo silencio en el que Díaz sudó, los latidos de su corazón se hicieron arrítmicos y sintió que los dedos de manos y pies se le entumían. Más, al repetirle su jefe dos veces la orden en tono serio.

—Díaz, ¿escuchó? ¿Nos puede compartir la presentación, por favor?

—Sí, sí, señor. Un segundo. Aquí la tengo. Sólo que no me deja Zoom compartirla —respondió Díaz con voz temblorosa.

Era mentira. Díaz no tenía la más remota idea de cómo hacerlo. Buscó en sus apuntes y no encontró los pasos a seguir. Le escribió a Alberto y no le contestó. Una compañera intervino y se ofreció a compartirla ella.

—Yo lo hago, Díaz. Agrégame como moderadora y lo haré con gusto —le dijo.

¡Díaz tampoco sabía cómo hacer eso! Estuvo picándole a la aplicación por todos lados hasta que logró compartir su pantalla, pero no se percató de que en el escritorio de su computadora estaba abierto el *chat* interno de la empresa. En la "privacidad" de ese *chat*, su jefe había escrito: "Con una chingada, Díaz, comparta la presentación a estos pendejos del sindicato para que dejen de mamar. No se han dado cuenta de que ya se las metimos doblada. Jajajaja".

Varios de los subalternos respondieron con *emojis* divertidos al mensaje de su jefe. Díaz, al buscar el Power Point de la presentación, no se dio cuenta de que todos vieron en sus pantallas ese mensaje del *chat* "privado y confidencial" de la empresa. Comenzaron a llegar mensajes de sus compañeros diciéndole que lo cerrara antes de que lo vieran los del sindicato. Cuando lo cerró, era demasiado tarde.

En cuestión de segundos, aparecieron *screenshots* del *chat* en redes sociales. Iban acompañados de advertencias sobre la ruptura del sindicato con el Gobierno, por culpa de José Jiménez, Director de la empresa Monitorex. Al mismo tiempo, Zoom avisaba que solo faltaba un minuto para que terminara la sesión. Por tacaños, no habían comprado la versión empresarial. Usaban la versión gratuita que te da minutos limitados. Ni tiempo tuvo su jefe, ni nadie del sindicato, de comentar el asunto. Sólo llegaban al WhatsApp de todos los convocados los *screenshots* de los tuits que la prensa circuló.

Díaz se jalaba los cabellos, su cuerpo entero sudada, y no a causa de la enfermedad.

—¡Chingado! ¡Faltaban sólo tres minutos para cerrar la pinche reunión y todo se vino al carajo! —gritaba Díaz desconsolado a su tía Bertha.

—No te sulfures, hijo. Prende otra vez el Zoom ese y ofréceles disculpas. Explícales el error —le decía la tía Bertha encogida de hombros, con la ingenuidad de la ignorancia.

Díaz se curó de COVID y no engrosó las filas de entubados ni fallecidos. Pero no regresó a la oficina. Su jefe cumplió su amenaza y lo convirtió en parte de los 646 mil empleos formales desaparecidos en México por la pandemia hasta diciembre de 2020. En su caso, fue por un *screenshot* tomado al unísono como un arco reflejo por un grupo aludido y ofendido.

Efervescencia

El cuerpo sin vida de una niña de ocho años fue encontrado destazado en el interior de una bolsa de plástico negra. La violaron, la golpearon con saña y le extirparon órganos vitales. El cadáver de la pequeña fue arrojado como bulto de basura a un canal de aguas negras, a las orillas de la ciudad. La noticia conmocionó a todos, fue noticia mundial. Imágenes del cuerpecito ultrajado circularon por las redes sociales. Miles de personas, o tal vez millones, tomaron *screenshots* simultáneos de tuits, *posts* de Facebook y encabezados de artículos publicados, para después reenviarlos a todos sus contactos, compartirlos en sus respectivas cuentas personales.

Todo un festín de capturas y *sends*. Espectadores ávidos de formar parte de la madeja informática. Curiosidad que se transforma en morbo. Preocupación que se convierte en chisme, en rumores corregidos y aumentados, en suposiciones fundamentadas en el "amplio conocimiento" que otorga ser un *tuitstar* o un *facebookero* empedernido. Se publicaron frases de consuelo, de indignación. Se realizaron comentarios de juicio. Como si se fuera experto en cualquier tema, por el simple hecho de contar con un dispositivo móvil. Desde la comodidad que otorga el otro lado de la pantalla, la gente expresaba opiniones y analizaba la muerte de Nadia Ojeda.

En los grupos de WhatsApp dejaron de llegar memes de Chayanne en paños menores para dar paso a una vorágine de capturas de pantalla con las imágenes del caso de la niña asesinada. Circularon cadenas de oración por su eterno descanso. Los más protagónicos de los *chats* escribían mensajes con sus deducciones y críticas, manifestaban sus posturas. Criticaban al gobierno, a las autoridades, hablaban de la pudrición de nuestro tejido social. Enviaban artículos con estadísticas de las muertes de mujeres y niños en el país. Mientras los familiares de Nadia la sepultaban, la imagen de su infame muerte circulaba por todas partes.

Las feministas salieron a las calles, pintaron monumentos, sus gritos cargados de impotencia y furia cimbraban a quien las escuchaba al pasar. Hasta los que estaban en contra de la destrucción del "patrimonio cultural" aplaudían y las instigaban. ¡Quémenlo todo! ¡Rayen, pinten, tiren! ¡Hagan lo que tengan que hacer, para ser escuchadas!

Los políticos de oposición aprovechaban la efervescencia que provocó el caso. De inmediato, buscaron capitalizarlo. Se pronunciaron a favor de los grupos que demandaban justicia. Hacían dudar a muchos de la legitimidad de su respaldo.

¿De verdad les importaba, Nadia? ¿O sólo querían jalar simpatizantes a su bando? El gobierno estaba más preocupado por conservar su popularidad y buena imagen, que por encontrar estrategias efectivas para combatir la violencia y su crecimiento incontrolable.

Los días siguientes al abominable hecho, todos estaban pendientes desde sus celulares. "¿Qué estará pasando con el caso de Nadia? ¿Agarraron al sospechoso? Dicen que fue un conocido de la madre. Fueron los de una red de contrabandistas de órganos. La línea de investigación apunta hacia un caso de venganza, de parte de un amante de la madre". Esas y otras aseveraciones e interrogantes se leían en redes sociales, en los grupos de WhatsApp.

Nadie sabe lo que sucedió esa tarde en la que Nadia desapareció. Los videos de vigilancia pública sólo lograron capturar a la niña caminando afuera de su casa. Iba con una muñeca en su mano derecha y una bolsa de palomitas de maíz en la izquierda. Salió de su casa a jugar con su muñeca a la banqueta. Se observa que camina, sale del alcance de la cámara, y después no se sabe de ella nunca más.

En una entrevista que realizó un periodista a la madre de Nadia, la mujer dice que ella misma le preparó unas palomitas de microondas, se las entregó, y que su hija le dijo: "Voy a salir a jugar con Lola" (su muñeca). "Vamos a jugar a que vamos al cine".

La madre jamás pensó que se alejaría tanto de la humilde vivienda, donde habitaba la menor con sus padres y sus dos hermanos mayores.

En un segundo, una existencia rutinaria se transforma en un infierno escabroso. Un purgatorio en un país en el que ser mujer es peligroso. En el que ser niño es ser vulnerable. En el que ser confiado te puede matar. En un país donde el que abusa sexualmente de un menor es alguien que se supone tiene que amarlo y cuidarlo. Con frecuencia, el agresor es un familiar cercano. Una sociedad en la que el príncipe azul, desciende de su corcel con un puñal en la mano y se lo encaja en el vientre a la doncella. Le saca el corazón, los riñones, el intestino, los ojos, y la arroja en pedazos al caño.

Y de todo, hay un *screenshot*. Una captura de pantalla que circula por el espacio virtual en el que estamos hacinados, revueltos, instantáneos, próximos y lejanos a la vez. Navegamos por la efervescencia que provocaba el caso de Nadia en internet. Íbamos tras pesquisas, cronologías de los hechos. Leíamos declaraciones de familiares, expertos, involucrados y autoridades. De pronto, sucedió algo inesperado.

Joel, un adolescente del barrio donde vivió Nadia, caminaba por la calle. Se tomaba *selfies* que enviaba a sus *chats* de amigos. Se tomó una delante de un vehículo deportivo de modelo antiguo, estacionado en la calle. Le extrañó ver un auto de ese estilo en la zona. Le gustó para tomarse la foto al lado. La envió a su grupo de amigos en WhatsApp y escribió: "Aquí casual esperando que me presten las llaves de este rucomóvil". Sus contactos la vieron, la comentaron. Una de sus amigas le tomó *screenshot* para enviarla a otra amiga, y esa otra amiga, a otra.

La foto de Joel con el auto, convertida en *screenshot,* circuló veloz. Llegó al *chat* de Dalila, quien acostada sobre su cama, con la pantalla de su celular frente a los ojos, antes de dormir, la observó con minucia. El *screenshot* que había sido rolado entre cuates para reírse de Joel, mofarse de que no era fotogénico y de que jamás le prestarían las llaves de ese auto al que llamó "rucomóvil", le reveló algo.

Dalila se percató que detrás del coche se alcanzaba a ver a Nadia. ¡Sí! ¡Era la niña que habían encontrado en una bolsa descuartizada! Buscó en su carrete de fotos las imágenes que le habían enviado del caso. ¡En efecto! ¡Era Nadia! ¡Y su secuestrador!

Hizo *zoom* lo más posible a la imagen. Alcanzó a distinguir detrás del coche estacionado a la niña con su muñeca en una mano y su bolsa de palomitas de maíz en la otra. Y a un hombre que la tomaba del brazo. De inmediato llamó a Joel y lo puso al tanto de su descubrimiento. Su amigo tenía la imagen de primera mano. No la había borrado de la memoria de su teléfono.

Efervescencia otra vez. Los muchachos de inmediato subieron a sus redes la *selfie* de Joel. Arrobaron autoridades, medios de comunicación, a grupos feministas y en contra de la violencia. A todos nos llegó más de un *screenshot* de los tuits y posteos.

Agitación total en redes sociales. Los muchachos fueron visitados por las autoridades, los interrogaron, medios de comunicación los entrevistaron. La circulación de las imágenes y publicaciones dio su fruto. El criminal fue identificado, detenido por las autoridades y encarcelado para someterlo al proceso legal correspondiente.

El homicida no pertenecía a una red de contrabando de órganos, tampoco era conocido de la familia de la víctima. Era un pederasta. Un adicto a las drogas con antecedentes penales por robo armado a casa habitación y riñas callejeras, habitaba un lugar insalubre, en ruinas, en una de las colonias más azotadas por la miseria. En su guarida encontraron la muñeca de Nadia, sus calzoncitos, su bolsa de palomitas de maíz vacía... y otros juguetes.

Después de conocer el desenlace del caso de Nadia, reflexioné mucho. Me puse a observar las fotografías que he tomado con mi celular. Con detenimiento, sobre todo, las que he tomado en lugares públicos, durante paseos o viajes. Las miré con minucia. ¿Qué sucedía en la vida de todos esos extraños que aparecían en mis fotos a causa del azar del momento? Comencé a cuestionarme lo que ocurría a la inversa. ¿En cuántas fotografías de extraños aparecerá mi rostro, mi figura? ¿En cuántas fotos de extraños apareces tú, quien lees estas líneas? ¿En cuántas nuestra aparición será casualidad? ¿Cuántas nos tomarán sólo por morbo, curiosidad o con otras intenciones? ¿Lo has pensado?

Con esos cuestionamientos me fui a la cama segura de que, al día siguiente, la efervescencia del caso de Nadia se trasladaría a otro asunto; convencida de lo efímero de nuestras experiencias vitales en la madeja cibernética en la que todos estamos enredados.

Así me siento. Sometida a un torbellino de información apabullante, instantánea, inmediata, agobiante. Próximos y lejanos, convivimos en una jungla digital en la que todos somos testigos y protagonistas. Personajes de una realidad que supera toda ficción.

El homicida, en proceso. La familia de Nadia llorándola, extrañándola. La sociedad, en efervescencia. Todos con la esperanza de que se haga justicia, con el anhelo de despertar un día y caminar libres por las calles sin temor alguno. Con el deseo de apropiarnos sin miedo de los espacios. De disfrutar de la compañía de extraños sin desconfianza. Con la apetencia de usar la redes sociales para expresar pensamientos, para fortalecer redes de negocios, promover la cultura, el desarrollo social. Y, por qué no, para enamorarnos. Porque así como utilizamos el ciberplaneta para perder el tiempo o satisfacer curiosidades y morbos, también existe la oportunidad de un uso útil.

Un *screenshot* puede difamar, lastimar, provocar desconcierto, burla. Ser la evidencia que alguien lejano necesita para completar las piezas de un rompecabezas. La pieza que ayude a clarificar el instante en el que la calma se transformó en infortunio, en desgracia.

Con un aguijón impregnado de tristeza encajado en mi pecho, veré las noticias del entierro de Nadia atravesar el *time line* de mis redes sociales mientras una madre se queda con la *selfie* de un joven desconocido como la última fotografía en la que aparece viva su hija.

Seré ingenua y creeré una vez más en un mañana optimista, en donde, por ser mujer, seré valorada como ser humano, sin remiendos ni etiquetas. En donde los niños serán amados, jugarán por los parques y calles sin temores y que no serán acechados por ningún peligro, salvo una caída del columpio. Que sus heridas no vayan más allá de rodillas raspadas por jugar en el piso. Un mañana en el que no tenga que tomar *screenshot* de charlas acosadoras para defenderme de un individuo al que creí que era un posible compañero amoroso. Un futuro donde la muerte de nadie sea en vano. Un cibermundo con más empatía y menos odio, con más propuestas y menos juicios; con más entusiasmo que morbo.

Un mundo *en-red-ado* donde los seres humanos nos podamos sentir más próximos que lejanos.

Agradecimientos

Gracias a Arturo Morell, por multiplicar la magia y la amistad con este trabajo que hemos escrito con cuatro manos, dos sonrisas y dos corazones. A todos los amigos que me enviaron screenshots para inspirarme (no digo nombres para no balconear a nadie). Gracias a mis entrañables amigos y amigas con quienes juntos "Somos Magia". Gracias a mi familia, compañía amorosa durante cuarentenas y confinamientos. Gracias a Daniel y César por creer en proyectos inspirados en una realidad que, por cierto, supera la ficción.

RAYO GUZMÁN

Gracias totales a mi querida Rayo Guzmán por invitarme a sumergirnos en esta apasionante, divertida y aleccionadora aventura literaria.

Gracias a todo el equipo y directivos de Sélector por abrirme las puertas y recibirme en su maravillosa y admirada casa editorial.

Gracias a mi querida madre, Leonor Beatriz Barragán, por su cercanía y amor incondicional.

Gracias a quienes han estado presentes y solidarios en los largos días de confinamiento y crecimiento espiritual.

Gracias a mis entrañables amigos y amigas con quienes juntos "Somos Magia". Gracias a los miembros internacionales de la Fundación Honoris Causa, especialmente, del Capítulo Jalisco, por compartir el deseo de mejorar a México y al mundo.

Gracias a todas las personas privadas de la libertad y liberadas de alguna cárcel, que forman parte de "Un Grito de Libertad", por motivarme a seguir intentando transformar nuestro entorno a través de la cultura.

Gracias especiales a Alejandro, Rocío, Carla y Valeria Morell, a Héctor Barragán, a Dulce María Ramón, a Ricardo Nuncio, a Víctor Ortega, a Laura Luz, a Cristina Michaus, a Ernesto Reyes, a Enrique Vargas, a Laura Peralta y a Iván Chávez, por su amistad, compañía y cariño, porque "más vale arrepentirse de hacer algo, que de no hacerlo".

ARTURO MORELL

SCREENSHOT

de Rayo Guzmán y Arturo Morell
se imprimió en agosto de 2021, en
Corporación de Servicios Gráficos Rojo, S.A. de C.V.
Progreso 10, Col. Centro, C.P. 56530
Ixtapaluca, Estado de México